U0010727

說好的

你我最給力的承諾

石德華　著・攝影

晨星出版

說好的

《目次》

【序】

輯1 說好的　照顧自己

相信人生與世事都沒自己想像中容易。
相信所有的不盡完美，
也一直在做最大的努力。

輯2 說好的　就善良

我們共同的名字，就叫做眾生，
對人的厄運感到同情，是很自然的事，
做很自然的事，何須去提起？

輯3 說好的 不害怕

真正的浪漫是，
每一天，我們都會有
迎面而來的新難題，
或痛苦，但無論如何，
我們都能不退卻，
明白繼續前行的意義，
並且堅定著自己的信守。

輯4 說好的 慢慢讀靜靜懂

要慢、要緩、要散步的速度、
要蹲下來的平視、要專注溫柔，
才能完全感到它們的深意及韻味，
那自我存在的價值。

之　觀音亭
之　單音熄燈號
之　命運的港灣
之　最壞，尚能更壞
之　為什麼
之　流動與停留
之　人，格與失格
之　微小日常的力量
之　還於大化

特別收錄

潮聲一波，停拍，又一波，
澎湖七一三事件、
澎湖煙臺聯中師生案、
四二五臺中事件……，
說好的，
我要為這些山東伯伯們寫下這段故事。
這是我致意的安魂曲。

【自序】相允

石德華

1．書寫ing

說好的，是允諾。

但我有和你說好卻沒做到的嗎？

謝謝你並不介意或者你也忘記了，讓每一樁我和你之間沒成真的「說好的」，成了在沙漠中美麗一現終究只是光線折射那般虛幻成空的海市蜃樓。

但如果你介意或一直沒忘記，那你願意相信我嗎？相信我的善忘，我輕諾之前的真心，我的力不足，或我不想滿足你過度的期望。相信我還放在心底等待最成熟的時機。

真正了解且接受自己，才能有比較適當的衡度。說，像是魔幻的中陰過渡，投胎才是實實擔重的一生。世事的跋涉有過程有感悟有調整，後來，我漸漸少和人衷腸一熱的說定什麼，我和你的「說好的」，很可能抹在深一下的眼神裡，去到一趟趟不缺席的人場裡，存在不常約聚聯絡也感受得到的了解裡，說在沒說什麼的沉默裡，而我簡單專注的日常並常處在書寫ing中，應該

就是我在和所有人握拳敲肩窩的，說好的。

人不知怎麼的，也就散了，路不知怎麼的，也就沒了，從更高維度去看世間，我了解朱敦儒「免被花迷，不為酒困，到處惺惺地」的「如此只如此」，所以更喜歡木心先生這句話：

生活的最佳狀態是冷冷清清的風風火火。

2．波光與大海

《說好的》這本散文集就是我生命認知走到這種狀態下的創作集結。世紀疫情、心境歲月、人情世態，都會讓人自然走成或被動接受冷清的境地，像這疫情三年，我頓蹬一下就開始挪挪喬喬，適應出自己的新日常，卻也發現無論生活的外相如何，自己心底總有一股始終不散去的什麼在相應，不只和二級三級的疫情生活，是和眼前飆風似生生滅滅的變與常。是心底這股始終不散去的什麼，讓我篤定所有發生只是現象，你只要穿越，一直往前行，是簑，是杖，是風，是雨，是山頭明月，是無陰無晴，都一直往前行。

我教文學課，常從人的故事提及價值信念，在這流行說故事的年代，我依然在強調論述的重要，然而要到這二年我才終於說得夠清楚，故事與論述，原也是現象與本

質的關係。故事可以收集運用，在在打動人心，但故事只是浮動的波光瀲豔，對這世間，你有心底一股始終不散去的抗拒與維護嗎？這是論述，論述是水，是海。

二〇二三年二月五日，佛光山開山住持星雲大師圓寂，我是他的私淑艾弟子，在我迷茫困惑心有塊壘時，他總以文字以音聲適時開示我，我在輯三「不害怕」〈一揖，深謝〉於是寫著：

有一件事，你懂，又喜歡，
最好的就是這樣了，
世間的榮華富貴算得了什麼。
大師這句話無限上綱成為從來就很難界定的價值的定義，
讓我心豁然清晰且篤定。

輯一「照顧自己」、輯二「就善良」、輯四「慢慢讀靜靜懂」都充滿故事，哎，我是很會說故事的人，這大家都知道，但，對這場人世，順逆榮枯的相應，以及我自己激越之氣逐漸平緩的越來越「卒仔」，都來自價值信念，我的生之論述：

許多不同的取捨擺放在一起，
自有層次。

（輯一〈妖怪說的〉）

幸福是這樣子的，真心擁抱過的，
放手走遠了，那結實的滿抱的觸感都會在，
看似不回頭，其實，那一絲回首的依戀，
就是曾有，就是一場流變，
就是從沒空過的空。

（輯一〈曾有〉）

把日子過得好好的人如我，
終是能在透明不透明的形體，
破碎程度不同的心，際遇順順逆逆的因應中，
體會人生無非辛苦與痛苦，
我用我無可如何的懂，對待人事，
於是要輕手一些，要輕腳一些。

（輯二〈悲傷完全守則〉）

世間果真存在著某些無可挽回的錯誤。
但關於人生有人允諾給你一座玫瑰園嗎？
生命的殘缺和悲哀，讓人難受，
而透過憐憫可以提升感受，
最終轉化了痛苦和價值。
這繪本，給大人看的。

（輯四〈隱形〉）

3．書中書

全書最特別的該是「特別收錄」這一輯。有緣起，有事件，有現場，有人物，還自成小目錄，以書中書的形式呈現。這是一位書寫者與歷史，我與不認識的他者，跨越世代與陽冥的一樁「說好的」。

「澎湖山東流亡學生七一三」事件，我已盡全力以文字記錄歷史，而散文畢竟是「我」，報導文學也允許作者深深淺淺的抒懷，於是這篇萬字的報導文學，表達的還有我自己史觀的建立，以及對生命真正的理解，而所有都還是過程，不是最後結果。

每個人
都會與生命「必要時刻」迎面無法迴閃，
輕重小大形式儘管不同，
但你是那一種人？你做了怎樣的選擇？
而你之所以成為你，完全是和平無事年代日常中的養成。
（特別收錄〈海潮音〉）

養成。耳濡目染，無聲無息，慢慢的靜靜的就形成了自我生命的風格，和抉擇時澈然的一念。

我想起我自己，這些年。我從佛理體悟到的眾生平等不二，是平凡與自性。平凡，你真有不同嗎？你只是運氣（還有你看不見不會信的）；自性，每個人的良知是與生的，一如明鏡很需要護守與相信。我的「養成」，一定有這一層。

4．顧惜與珍重

我於是這樣成為我自己，有自己獨特的顧惜與珍重，序文以歌、以短語。書中仍是我的日常，但整理篇章的時候，我一篇一篇看見的，有我們集體走過世紀性災難的每一天，不只我與我的日常，是我們共同經歷的這個時代，人與人，人與社會，人與時代的牽動。

關於我的散文，套我〈老派〉文中的一句話：「我沒驕傲過，也沒想過要謙虛，我很喜歡現在的我，和我的書。」

說好的，你就一直聽我說故事，拿我的論述去檢驗你的人生。

【以詩為序】

時光千尋，我約今生

林秀蓉

浪漫只教春天遙遠
於是你不說，我不信
傾身在寂寥的歲月邊陲
靜靜深海，我們冷冷凝駐
可否還為誰撐起渡口
末愛，摺疊給懂得的人看

時間荒地，山風吹盡
思念從未遮掩也並未獨占
草浪如海霞，獨你窺見
掀起月色又啄出自己
單手擰不乾的心海汪洋
向夢中輕呼，沉默獨角獸

諦聽！諦聽！再諦聽
夢想出沒一片片山林與溪谷
耳鳴為那雙愛笑的眼睛
為鳥拂曉的翅、魚多脂的鰭
雨聲單薄，文明細白如絲
漲潮是你指引我的最初

拎起筆尖急退的碎沫
四季窗扉蜿蜒滑過岸邊
烏雲化為風袍，浮起壯闊海域
意志無沙。我來背給你聽
默許越簡單就越輕盈的記憶
歲月太重，當撲翅的風起
你是垂懸我眼井下小小的安城

【以歌為序】

〈說好的〉

蔡淇華 詞

孫懋文

張嘉亨 曲．演唱

我在歲月的高空走鋼索
如果這一刻放開手
迫降在時間的大漠
你會不會像小王子陪我
看人間最美的日落

我在冷冷的都市聽寂寞
如果這一夜太軟弱
被捲入孤獨的洪流
你會不會划著小船尋我
證明這輩子我來過

這是一本有主題歌的書，掃描此處，聆聽《說好的》及插曲《天然》。

陳淑芬　攝

你說　早就說好的
只要天橋上奶茶配啤酒
就能聊到星星都睡了
我們的笑聲還燦爛如花火

說好的
再強的潮汐和洋流
沖不散我們這一生
牢牢的手牽手

說好的
我們是暗夜的兩顆月亮
要用盡力氣靠過來
寫成天地間最美的兩個字
朋友

【以承諾為序】

你我最給力的承諾

①你我一句話（圓圓）

②一起老（陳淑芬）

③同齊食老哺塗豆（陳麗華）

④繼續寫（蔡招娣）

⑤說實話（三角飯糰）

⑥陪伴到很久（蔡淇華）

⑦一起健康、無憂（黃麗美）

⑧活時快樂、走時掰掰（劉蕗娜）

⑨笑咪咪（黃碧雯）

⑩一起喝好茶，好茶一起喝（羅文玲）

陳淑芬　攝

⑪ 說好要去你家住，住了。
說好要來嘉年華，來了。（林夢萍）

⑫ 一萬三（施養涵）

⑬ 一直一路一起一生（陳建宏）

⑭ 時光不老，我們不散（劉若榛）

⑮ 持續勇敢（李遠芬）

⑯ 世間所有好的，
都願意和老師分享（陳偉創）

⑰ 我們不再打破盤子了（林乃光）

⑱ 一直寫，我一直看，一直下去（莊峰綱）

⑲ 拚盡全力完成眼前的所有挑戰，
對得起自己（曾莛翔）

⑳ 如實的精彩繼續（吳必伍）

㉑ 妳是溫柔的月亮，
我是點燈的星星！（蔡金蘭）

㉒ 寫到哪兒，我們就唱到哪兒！（張嘉亨）

㉓ 我們值得迎向心中的美好人生（何姵柔）

㉔ 慢慢老（張朱杏）

㉕ 心懷感恩、所遇皆美好（洪淑美）

㉖ 不哭，不哭，眼淚是珍珠！（盧淑禎）

㉗ 嚴謹看世界，嬉笑度人生！（黃奇川）

㉘ We are family（盧珉貞）

㉙ 說好的，到老都是學姐的專屬編輯。
Keep writing, keep publishing.（徐惠雅）

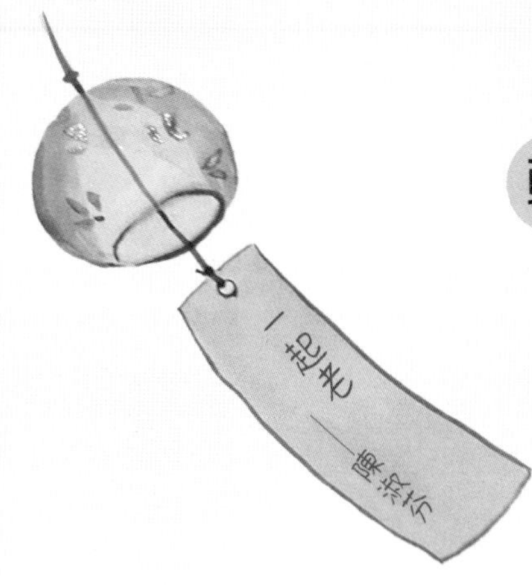

輯1 說好的照顧自己。

相信人生與世事都沒自己想像中容易。
相信所有的不盡完美，
也一直在做最大的努力。

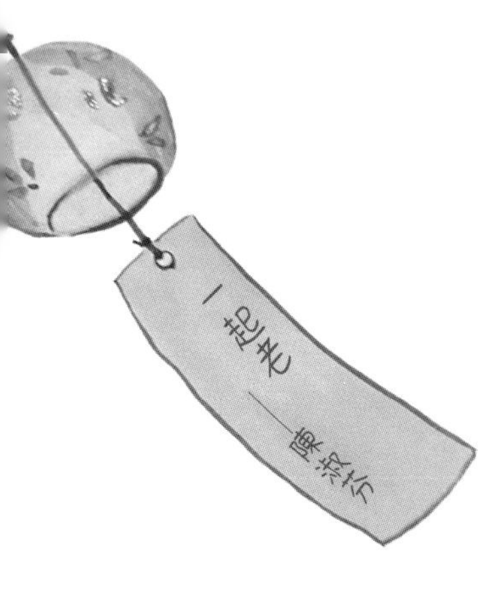

1. 像樣的大人

◆

我們都是慢慢變成現在這個樣子的。

變成怎樣的樣子？

那，原先我們是什麼樣子？

慢慢，是時間的速度。

◆

我自己人生大半時間都處在毫無自知之明的狀態，這是順境給一個人的教訓，我用看不見自己弱處、缺點的那種巨大無知，同樣去對待自己的長處與特色。但也許正因為如此，我才曾經比較自信無懼。自信無懼真是一襲淡金、Q彈、發亮的安全網，讓我敢撒開手，在高空走繩索、盪鞦韆、耍雜技、翻跟斗。我曾很浪漫，很理論，很自以為，很理所當然。

更早以前我的記憶不多，小康家庭裡守秩序的小孩，內心比較不安分，知道有遠方，卻還不知該往那一方向翹首。在摸索中碰撞，在碰撞中疼痛，就是一名匹夫而已，有勇無謀。

然後，人生總會走到一個真正接受自己的關卡，關，是用來通過的，卡，意味並不容易。英國小說家約翰·符傲思是這樣說的：「每個人的人生必然都會走到一個個關鍵時刻，成敗在此一舉，那就是——接受自己是誰。」

電影裡的二個好友，以為踩住對方影子，就可以永不分開，而我們終其一生一直踩著的，是自己的影子。一生不離的無非就是自己，像樣的大人都知道，整理好自己，坦然接受自己。

臺中文化局為我辦作家特展，準備資料過程中，我找出一疊手寫信時代，幾位知名作家親筆寫給我的信，紙泛黃了，字仍有氣有魄，礙於展櫃空間有限，我說，這些用來取代我原先展示的「我的第一筆稿費」、「第一位讀者的來信」吧。

這些手跡是劉靜娟、路寒袖、渡也、黃春明、林良。多珍貴啊。

特展設計師看著我，說：「可是，今天是石德華特展。」

「他們都很可貴，但以作家石德華而言，」他說：「沒有什麼可超過你的第一筆稿費，第一位讀者來信。」

嘩——，全身血液聚頂，作家特展的意義，一剎那，我豁然全懂。

像樣的大人，坦然，無過，也無不及。

像樣的大人，積極一些，是能給。

給，形式極其微妙多元，是有餘裕也可以不是，是知道有些事不能等。給，沒設想華麗的取付，純粹只是眼前的完成。給，有時不是去填滿，是留空。給物資，給時間，給了解，給明亮的暖意，給讓人奮起的力。

余秋雨用一個故事來說：

小村莊有個小孩，天天一大早就在村口對經過的火車揮手，從沒人回應，他失望的懨懨病了，天天還在看火車。小孩父親急得到城裡找醫生，中途夜宿一個客棧，將這事告訴了其他客人，有人安慰他，有人教他如何如何，有人陪著嘆嘆氣。有個客人什麼也沒說，呵呵聽著笑著，去睡了。隔天村子裡的人跑來通知孩子的父親快回家，說孩子的病全好了。那什麼也沒說的客人，起早搭第一班火車，到村子口的時候，伸出大半個身子掛在車窗，對村口揮手的小孩，拚盡全力的大幅揮手。

滕子京能留名，是因為他有個好友叫范仲淹，范仲淹寫了一篇留傳千古的好文叫

〈岳陽樓記〉。我朋友蔡淇華是暢銷書作家，他常在文章中說我是他的散文老師，很多人因此知道我。其實是他推恩而我無功，他本來就是文學人，那些年他聽我教文學，我的散文主張一定共鳴了他的，讓他獲得激勵，更加肯定自己，如此而已。

什麼是好朋友？好的朋友，是能為你加分的朋友。這是給。

做人處事多麼複雜難全啊，但一個人做好本分，剛好能激勵另一個人，就很足夠了。這也是一種給。

不拘形式的，像樣的大人，都能給。

◆

我們曾經討厭過怎樣的大人？

我們正慢慢成為自己曾經討厭的大人嗎？

飛行員飛機失事迫降沙漠，生死攸關的設法修理引擎。小王子走過來請他畫一隻羊，他放下工具，接過紙筆，畫了，羊太老，羊太醜，被打擾的飛行員畫了好幾次，一直到他畫了一個木箱，小王子才滿意，「我的小羊住在裡面。」

《小王子》書中所有的大人，只有飛行員讓小王子不覺得奇怪，因為他仍保有孩子的純真與想像。

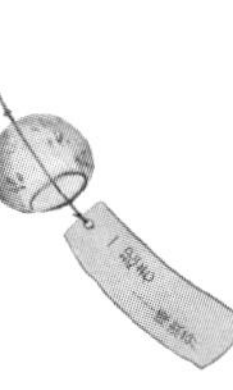

人的成長就是逐漸社會化的過程，我們曾經討厭大人的不耐煩、功利、現實、世儈、敷衍、虛假、庸俗，完全失去理想性和想像力，眼中只有對自己有利有用的事。我們卻慢慢長成那樣，而每個大人都曾經是小孩。

但大人和小孩終究是二個不同的世界，大人的峰頂追求是成功，偏偏成功本身又極其複雜奧密，在大人的世界，越忘不了身上小孩的，可能會離成功越遠。所以，不必苛責大人，除非他們太不像樣，是要對依然純真的大人，分外起敬，即便他們不成功。

大人，經書中還用來指君子，君子的對立面是小人，參差對照的是凡人，俗人。利己、先顧好自己，凡人的心眼我們誰都會有，只是，像樣的大人，會像悲歡離合情節跌宕電影裡偶現的空景，從世間法時而脫逸，紅塵依然滾滾不休，像樣的大人，會擁有自己獨有的氣派。

像樣的大人，會儘量提醒自己，成為曾經想要成為的那種人。

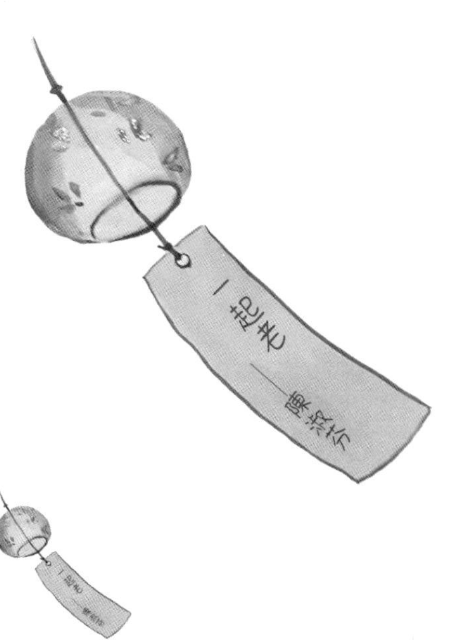

2. 妖怪說的

金句恆久遠，特別是妖怪說的。

「洋蔥有層次，妖怪也是，」史瑞克說。他醜，他妖怪，他是好朋友，好愛人，好爸爸，他還有下一句：「我們都是。」

不知他驢子好友真正懂了沒？但萬事萬物確實都有層次。快樂、悲傷都有層次，平靜也是，既不快樂也不悲傷也是，一樓和八樓和二十二樓看的景不同，越高層越看不到地面的保特瓶、狗大便，歌樓、客舟、僧廬的聽雨，境地能宏大是因為人生層層深邃，人生，有能說的，欲言又止的，說了就知言語不夠的，和寧願不言不語的。

萬事萬物都不只有表面，恐怕連統一性標準答案都是，只是人們的眼，看不到立體多元的層次。

世紀疫情期間，世界慢了下來，意外騰空出的時間，應如撿到寶，剛好去完成那些原本提不起又放不下，滴答拖拉有如過敏性鼻炎的重要事。

但，很紀律的我，起初一無所成。

你看不出來的啦，天天我仍送幼孫上幼兒園，人和書和電腦仍窩在咖啡館，黃昏踅去買便當，偶爾和人安全距離聚一下，陪小孩到good night，星夜，回家……。

可是，以前我的早晨序幕不是被遞增的數字掀開的，我人出了電梯、車出了地下室，還會專程回頭拿的，不是唇膏，是口罩，以前，我心穩穩篤篤的是一堵牆吧，那些日子，你看不出來的啦，我心浮浮慌慌，是牆面倏忽生滅的亂影。

日常，有層次的，看不見的透明一層一層組構架設，抽換一層，結構就全局改變。

那陣子，我做最多的是整理、歸納、評選的工作，弱掉了爆發的創作力，少書寫，只閱讀。書寫創作，一向才是我驗證自己力度穩度的唯一試劑，是我見自己的絕對方式。

我依恃的，熟悉的，敻而遼而無邊覆蓋的晏平感退到很遠，日子其實張著惘惘不安的透明的網，但我不斷以別人看不見的方式使力調整自己，也對不盡完美但沒人希望做壞的政策，始終信任與配合，遂又再看見自己，本色的，元氣的，在書寫。

我行止，我作息，我安好，我閱讀，我寫作，晏平的日子能，疫情的日子也能，洋蔥有層次，我也是。

二〇一六年夏天，我尋訪山東流亡學生七一三澎湖事件開始，七月去澎湖成了我這些年的夏日儀式。史事容許不同視角，我想，我悲憫生命於人間無聲息的蒸發，和那場錯愕無助的青春成長。班傑明曾言訴說歷史，就是搶救歷史，我純粹只是知道了，就回不去不知道。

為此已寫了一萬二千字，沒人等我寫，我還能再寫。書寫，也有層次。

層次是這樣的：「有的人天生偉大，有的人追求偉大，有的人硬被人說偉大。」英國人溫頓，二戰期間動用各種關係，救了六百九十九位猶太兒童。多年後他被曝光受訪時這樣說。模仿有層次，偷天換日或依樣畫葫蘆；勝敗有層次，很多認敗的不比勝者低，對強者不妒忌，對弱者不低視，是定義富與貴的新層次，層次處處可飄移，可可香奈兒說：「優雅是不要。」

湯顯祖《南柯夢》末齣，淳于棼不甘心為至親所愛做的一場水陸法會，第一批升天的竟是敵軍的陣亡戰士，契玄禪師於是對他說法了「怨親平等」。在恩纏怨結立場分明的世間，這真是最高層次的平等大悲。

我喜歡聽不同人的信念故事，許多不同的取捨擺放在一起，自有層次。

我們最有名的妖怪叫白娘子，她不當仙、不當妖、一心就是要當人，當了人之後的她，好妻子、好姐妹、好媳婦、好 CEO、好悍衛戰士……，她一定會撐把油傘，娉娉婷婷從雲端走下來，對傻頭傻腦史瑞克欠身一拜：「是的，洋蔥有層次，妖怪也是。」

出版社業務常需載作家們去校園演講，我自己的經驗是，這一趟專車接送，真是一種很微妙的世緣，彼此陌生卻相互仰仗，小空間近距離到必需找些話來說，而下車說再見後通常就不會再見。但作家許榮哲遇過一個「有層次」的業務。

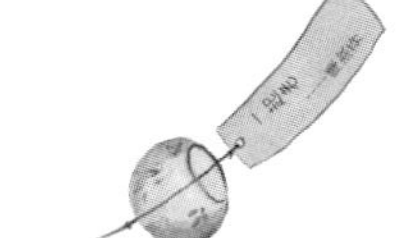

那業務買了當天許榮哲要去講的書，並請作者簽名，許榮哲隨口問小孩幾歲，業務回說「三歲」，作家輕呼：「三歲，我這書是給十三歲孩子看的！」

那業務說自己是個單親爸爸，女兒託人照顧，因由工作，他車上常載著作家，他一定買他們的書並請求簽名，果然，業務將車上的書一本本打開，有蔣勳、陳黎、吳晟……，「等我女兒長大，我將作家的簽名書送給她，希望她會喜歡看書。」那業務赧笑著說：「她將來如果能當作家，我就可以天天載著她四處去演講。」

如果你願意，一層一層一層的剝開我的心，連洋蔥都顯得這麼全心全意，妖怪也是，我們都是，萬事萬物也是，史瑞克這一說，真叫一句永流傳。

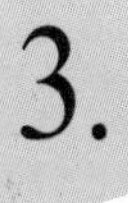

嘴，就這樣掩起來了。

出門，電梯鏡子直面自己：高個子，捲長髮，流海斜披半額掠在口罩一側，口罩上直粗眉，褐眼球薄眼皮，一雙能傾聽的眼睛，加上穿搭合宜的時候，真是——，世間無齡大美女一枚。

我始終認為我自己，戴口罩比不戴好看，外國人沒臺灣人戴得好看。

後來，有位整型達人在電視上分享愛美人生必要的「整」，最後一項是整牙齒及頦骨，她說絕大多數人的下半臉都瑕疵，下頦一正，全臉就放對位置，剎然漂亮起來。

口罩遮去下半臉的我比較好看，我這很直覺主觀的感覺，原來中的是靶紅心！

今年的講座，我面對的是一張張戴口罩的臉，我一向是認真的講師，從來也不會改變，但群眾戴口罩的臉，只留一雙雙眼睛，神情被消失，眼神被聚焦，像刪去了多餘的複雜，集體形成一片專注的對望，彼此都加

口罩是日常。 陳淑芬 攝

深願理解的誠意。

很多場合，口罩模糊去誰有來、誰沒來的清晰直接，也省去硬要說幾句寒喧應酬話的必要，這些掂掂掇掇的小俗念消失，一些不必要的社交好似也自動過濾清新了起來。

對於口罩，我的接受度呈2.0、3.0的升級，有效防疫需要它、習慣並依賴它之外，它還產生出新美學，並微調了我的生活與價值。它所能創造的附加所值空間，應該還能無限加大。

二〇二〇年初，一場兵臨城下的兵慌馬亂後，日子像巨烈晃動的水，只要杯子始終穩擺，水就能漸漸緩和，沉澱出平定日常。記得口罩實名制剛實施，我老想去藥局排隊買口罩，好幾次被藥師退回健保卡說：「你前不久才領，還要再等幾天。」現在，早就沒在數日子了，我總是隨走隨遇藥局，有想到才踅進去，健保卡加四十五元，實名制口罩一包就入手。

口罩開放後，藥局裡亮菊、明紫、桃紅、豹紋、迷彩、黑蕾絲口罩繽紛相競，一疊一疊在角落「滿樓紅袖招」，我如如心不動，還是在白、淺粉、淺藍、淡綠之間踏實自在，世間運轉有律，算我自己想太多，而風格隨自我存在，經歷過那一段相需求的日子，一如患難中的相共與濟吧，有種默默永不忘的情感，自然就落入心間。而這類情感的存放，最是不必人教，也通常不必言說。

只在雙十國慶前夕，我曾有股念頭想買國旗口罩，藥局裡的國旗口罩連圖案都有不同的設計，但也很自我風格，我一想到用完後，內層口紅印凌亂，還是得捏捏折折一番，丟棄於垃圾桶，想買的念頭，就頓時消失得連痕跡都不留。

是喔，我止念，因多想了下一步。

我個人欠缺很熱心、會照顧人的美德，因為我的能力通常將自己的事做好就稍嫌力絀，迷糊才是我的最強項。數不盡日晴月陰、風中雨裡、下樓上樓、自己開車或搭計程車，我不時出了門又得回程拿忘了帶出門的必要物件，這一年，出門不久又慌張跑回來，風風火火經過管理員面前丟下的那句話都是：「我忘了口罩。」

疫情正嚴酷的四月，我去在那幢辦公高樓門口，才發現忘了口罩，這大樓規定未戴口罩不准入內，而我受訪的廣播是現場直播，約定時間將近，又不想麻煩別人……，正

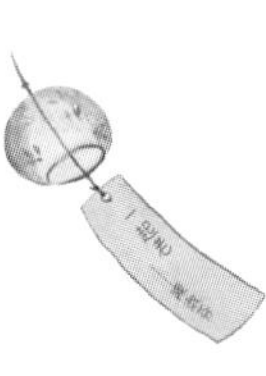

在窮途之時，我想到車上有一個我孫子備用的兒童口罩——

不然嘞？我當然是戴兒童口罩混進去的，是兒童的而非幼兒的喲，這你就不專業了，兒童的是稍大小孩用，可以臨界繃斷勉強遮住大臉的我被箍縮壓擠的口鼻，當天，我臉上有四條繩勒痕，錄完那場廣播的。

忘了！這感覺真太糟，沒試過的人不會真懂，試過的難以盡達其慘，二〇二〇年口罩這件事，當然必是。好幾次時空凝凍，人呆愣，現場都有陌生人主動對懊惱的我說：「我有多帶，給你。」沒什麼可勝過這小物在那時空點所創造出的旋轉、灑花、拋綵帶無敵大效應，宇宙星塵爆，滿夜空瑩亮點點善意流轉，通常我一句驚喜的「謝謝！」二人從此也就不相見。

幫助，該就是這樣吧，解決了別人的難，自己沒當是件事。

而被幫了的人呢？

習慣，不知自哪天開始養成，它是蜘蛛網，透明無聲，你發現時已身在其中，無法脫身。現在我每天攜帶口罩出門已成習慣了，我還會在背包裡多放一個口罩。我沒忘夜空星爆的感覺。

口罩這小物，未知其所始，但知其深切實用，防疫、變美、去蕪雜、修小悟、行人我，在這如常過日子就能令人感動，嘴，就這樣掩起來的二〇二〇年。

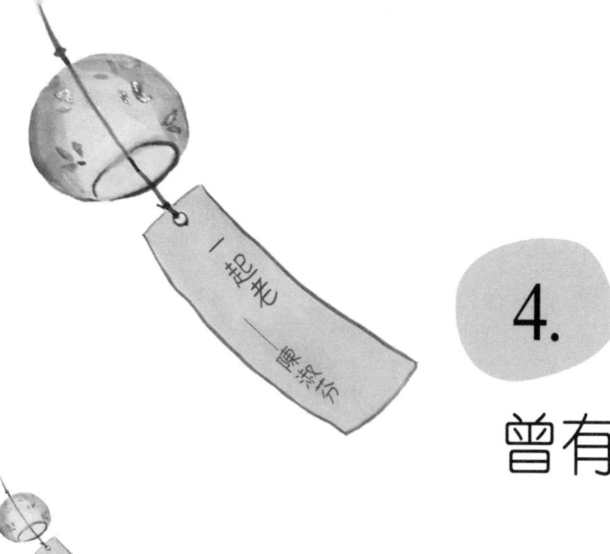

4. 曾有

只是就近去朋友的婆家借個洗手，冬日飄著雨霧的冷天，我來聽另一位好友Fen的街頭露天演唱。

是團圓的元宵前夕，朋友夫妻及婆家大哥、大嫂、三嫂全都在，銀髮慈藹的立在暖黃燈光的小客廳，一起笑咪咪向客，晚餐時分，番茄炒蛋、蘿蔔糕、煎魚……，一桌的家常味，餐燈下氤氳著家的騰騰熱氣，我真是個超級不速之客，得盡速道謝道別，低頭穿鞋，又看見玄關橫的直的隨意聚著一群不同款色的男鞋、女鞋……。

就這樣，才只幾分鐘，我就撞見自己猶對團圓幸福的那一絲依戀。

不只我的家，要更往前推、時光要退得更久更遠，是石媽媽的家。四、五道菜一湯，方桌就滿了，有魚有肉有青菜，年節時方桌四邊各翻出一個半月形成一個大圓桌，圓圓滿滿又是一個滿桌。

從小家裡常進出父親的昔日同袍，弟弟們在家的時候，也常是朋友、同學、球員滿座，石媽媽的菜早就是有口皆碑的金字品牌，後來弟弟們遠去異鄉，嫁在同一個城的我，一家三口每天黃昏，仍都回到石媽媽家，四、五道菜一湯，我是那種出嫁了仍能回家和父母共進晚餐的女兒。

然後，有個不知名的大力士，半夜從我窗外搬走了一大塊時光，醒來後我就成了天天外食的人。我是個深切日常的人，窄街巷陌日日遊走，舉凡簡餐、碗麵、小店、便當、飲品全都在我心中舌間評比梳理出一套優劣高下的排行座次。我今天這，明天那，心情低落這，想念家常那，該減些肥就去這，完成本年度最後一場演講要大犒賞自己就一定去那……。排場與名店我全都留給特殊與偶爾，尋常百姓最常坐在騎樓吃一碗加蛋的海鮮湯麵，冷天裡第一口不加味素不加鹽的鮮湯入口，心中有時也在想，皇帝微服外出或挖地道，為此也不為過。

這是一個能將自己照顧得很好的達人吧，沒到享受的程度是非常習慣自然，不只食事，是凡事，我都有著自己的美學品味與理解層次，又因為獨自所以能貫徹，就這樣，風雨晞彤、礫沙星月，十年來煉成生活的真氣內力，怎麼一下子就被撞破在那平凡尋常沒驚沒動沒啥代誌的幾分鐘，那聚合食物熱氣與家人的一屋子？

那麼，就承認仍對一家子的那種幸福有欽羨吧，這和一個人吃火鍋的精細快意，並存平行沒干擾沒矛盾，這一絲對幸福的依戀來了，撞一下，過去，沒影響我什麼，反而更確定幸福是這樣子的，真心擁抱過的，放手走遠了，那結實的滿抱的觸感都會在，看似不回頭，其實，那一絲回首的依戀，就是曾有，就是一場流變，就是從沒空過的空。

Fen 和她的 **Forever** 樂團來在豐原「葫蘆墩圳水岸花都」十字路口紅綠燈下的小舞臺演唱。這裡曾是鬧區停車場，翻蓋後底下是豐原地區的灌溉母河葫蘆墩圳，整理美化成現在花木與燈影的「水岸花都」，這是四十年間，停車場與歷史記憶，冷硬與浪漫之間的翻轉。臺上民歌一首又一首，我們在臺下大聲相和，**Fen** 比個手勢要我們幫她錄影，下臺後她一定會說今天風大不聚音，冷得聲音會發抖，但我們沒人會管歌不歌，我們只管這場「是我朋友在唱」。

而我和著歌，心中想的是，真愛看舞臺後紅燈轉綠燈時，空街霍地車輛交錯川流，眼焦一微調，它們就模糊拉長成流動穿梭的彩色飄帶，霍地，燈號變，街心又成空，如此轉換不休，無論 Fen 唱的是「看著你心花開／我的心花開／那像春風對面搶」的輕快俏皮，是「好像今晚月亮一樣／忽明忽暗又忽亮／到底是愛還是心慌／啊月光」的溫柔低切，或是「這不是件容易的事／我們卻沒有哭泣／讓它淡淡地來／讓它好好的去」的宛轉抒情，背後不斷演示的都是空，華美，空，華美，都是各種不同形式歌曲，最底最深最無邊的背景：人生。

然後，表演完畢，謝謝大家。背景紅燈停綠燈行，沒停止。

我對 Fen 說，她今天唱得最好的是那首〈想你〉，尤其副歌那段「我是多麼想你／你可不要忘記」，樂團夥伴的合聲一加下去，歌聲繚繞纏綿盪氣迴腸，好似天荒地老的

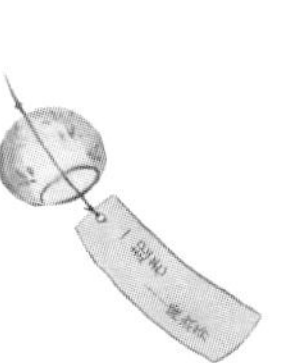

想念一下子全湧了出來，而明明歌詞只簡單的那兩句。我問這首歌原唱是誰？蛤，是趙樹海，後來芝麻龍眼唱紅的，南方二重唱也唱，她們唱得都好只是，歌聲太清純甜美。Fen懂了，她點點頭說：「我今天唱的時候也特別有感覺，是我年齡大了嗎？」

是，是我們一起走在流變中，那些擁有與失去，曾經與不再，困局與轉化都會無聲的印記標註在我們生命裡再投現於外，曾有原本就在變之中，往前走的勇敢我也一樣用來回頭看，看自己回首的那一絲依戀，什麼也不迴避的，就返身，繼續再走在永恆的流變裡。

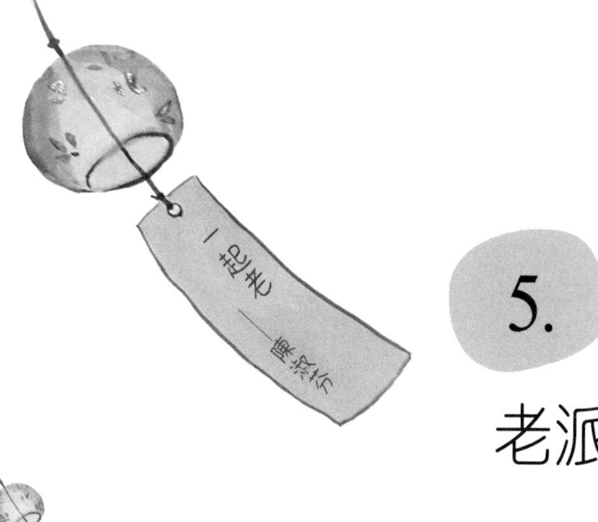

5. 老派

我開車，廣播固定著自己喜歡的頻道。主持人說：「這種愛情傷痛的問題，該去請教某某某吧！」他說的是一位常上媒體的知名兩性作家，另一位主持人對著話：「可是——，她會不會太老了，給的答案會不會太老派，過時了……」

活到了一種歲數，從時間說是住的樓層變高，從空間看是視野變寬變深，洞悉不了的世情，放手不了的人事會越來越少，對人生的見識會很真實不討喜，尤其是那些地表從不曾消失過的本質性的生命主項。

我不再用八百年前，七月十六晚的圓月，和那被簫聲貼著、被月光漾著的江水，來說明宇宙全法則的現象本質論，再怎麼說，北宋都讓人覺得很老。這次，我引用最近從散文書上讀來的這段話：「再來一小杯酒，順便也來一根香煙，現在暫且不回家。」

這句話我尚且可以拿來教造句呢！再來一小杯酒，也來一根香煙，順便有場一夜情，現在暫且不回家，順便有個網咖店、順便有個人隨便你是誰，順便……反正我都現在暫且不回家。

可以連環造句，層出不窮的「再來」、「順便」都是現象，連「現在暫且不回家」在我眼中也都不是本質只是現象，一切之源起終極性的本質問題還是在人的心，那碰撞或靠攏、理解或專斷、寬和與銳苛、完整與支離的人與人之間，人與自己之間。

愛情生滅的故事，幾千年來說實在也沒有太多創意，心會受傷以及傷痕一定會留疤，這才是定理，若你眼焦不刻意調到最清晰，疤和勳章的模樣有時還真是很相像。愛情的本質是變，情傷是常。

而要找怎樣的人談情傷才不會「不老」？幾十年來，我還是認為，情傷的最基本款就是：「假裝微笑假裝無傷」。願意或需要的話，私下與信得過的人一把鼻涕一把眼淚控訴宣洩就好，然後，真的，走過你就贏，如果你能，你乾脆從此常保持自己的最佳狀態，以備有一日猝然相遇時正好是你美麗的絕峰。以備不備其實慢慢也會褪漠淡逸，因為是手段就不足以當目的，經歷八十一難，人生唯一的願不都應該是取經成功，終於讓自己身心皆安妥，就是每個人千里護守轉譯而成的自己的經書。

老派也成一派，如果主流時尚是時代的這一面，老派恰是站在對立面，和流行大眾很不同的存在，不就是一種創意？不就像流麗浮光的夜街突然出現的一截清水模，它總會讓你迅速收斂一張嘻笑的臉，感到一股很不同的安靜的尋味。

觀看人世的方式，是我在老派練得的獨門內力：不放棄才會成功，但人生還要學會被放棄。平凡才是真正的平等不二，理解才能有實質的尊重。甘願是要把不會被公平善待全先算進去。節制才是人的最大考驗，過熱太烈，總有戕傷。凡流動的，都屬幻質匪堅。人生是傾斜的天平，很多事，都只是運氣。而實力是什麼？實力是做了得了都安心。我聽到較低樓層的人在敲牆說你這樣的人生真不夠氣魄喲，我，老派嘛。

詩人林彧用「夜空裡，流星颯颯」意象了闐黯口腔宇宙中牙齒的掉落：

門牙，搖落
犬齒，磨落
智齒，鬆落
臼齒，崩落
假牙，脫落
琺瑯質輕輕脆脆地碰撞
巨響，此起，彼落
迷霧中的瑣事，起毛球的靈魂

流星一顆顆，劃過，老狀有美的想像，牙落之姿完全吻合齒型，動詞無可置換。連隕石撞地聲都沒漏掉的琺瑯質輕輕脆脆碰撞，質地如此純粹一系。老，自成一派美學，

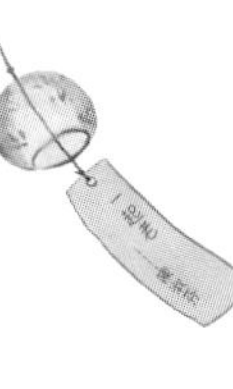

不僅創意，還有了詩意。

所以，關於愛情，老派也不會過時。讓我過眼即難忘，平平卻暗湧的是這樣的愛情故事：

他和她高中畢業時，跪地立誓，私訂終生。隔年，時局大變，他隨警校隻身來臺。很老派，一九四九，一個悲傷的數字，一段戰亂的荒世，數不盡小民的生離死別。

三十年後，他罹癌末期，去世前寫了一封信，託給鄉親有一天反攻大陸回鄉帶給她。再十年，兩岸開放，那鄉親打聽到她的近況，第一次返鄉探親時，就遵照他的遺言去到她家。已是白髮老嫗的她，跪接他的骨灰罈及訣別信，輕輕撫摸著罈上他的照片。次日，她依他信中遺願，二人完成冥婚。她身穿大紅袍，雙手抱著骨灰罈，熱淚滿臉走進洞房。

兩個月後，她無疾而終。夫妻合葬夫家大桑莊。

這故事委實無一處不老派，包含二人終其一生的信守與等待，在我心中，她的一襲紅袍與滿頭白髮相映著端麗淒楚，她跪地迎他骨灰罈與四十多年前春青二人跪地立誓，一個轉場，忽忽就是人的一生一世。死生契闊是愛情，飲食起居是愛情，絢美的清冷的都是愛情，愛情的現象加本質都是變，背叛是常，不渝也是。會很老嗎，我這些感覺我這樣說？或者你同意，老派值得被重估與復刻。

逆流行有創意，偶爾還能有詩意，對老派，我沒驕傲過，也沒想過要謙虛，我喜歡這樣愛著老。

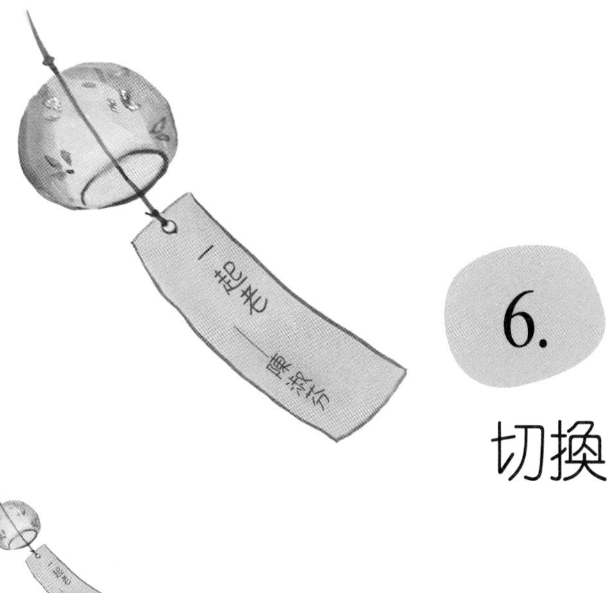

6. 切換

直接的認真是鑿壁、引錐、映雪、焚膏，那，為了無雜質、零干擾，按鈕一切，忘記原頻道，完全進入新頻道，算不算迂迴的認真呢？

我竟然一個多月無法從事華語創作，因為我切換到「閩南語認證基礎班」，一個聽、說、讀、寫、思全方位的臺語環境去了。

蛤？為什麼你要學這個？你必問，眼裡有一抹沒藏好的笑意。

當然非關政治，人家政治還嫌我太笨。是因為——我能趕上閩南語由教育部全面性整合統一的時代……，電影《英雄》你看過嗎？喔沒……。因為——我想讓自己浮淺零碎的臺語認知可以比較深固完整……，是啦！我外婆家在苗栗我是臺語還可以的外省人沒錯，但你知道那種，稀微淡薄沒人真正對不起你，但在某一時空卻總會恍過的一絲他者感嗎……？咳，我說太多算我沒說……，啊你是要給我多少時間？其實你也並不真想知道，不然，這樣好了，我就給一個可以終結八卦猜測，無味、不燒腦，大家都能接受的答案好了，我去讀這個班是因為：

我吃飽太閒，想去小學教閩南語。（你竟然以為是真的）

我和三位老友一起，九月中開始到十二月底，每星期六上午在中興大學上課。他們三人在口試的電話中，都被老師稱讚「臺語有底蒂（根柢）」，而我，在電話中夾華夾臺坑坑疤疤，會被錄取的原因，可能是因為我說我是阿媽，聽孫子朗朗讀唸閩南語課文實在有夠古錐，這幅媽孫共讀的想像畫面，應該有一點融化人心的溫度，而比這更具關鍵力的因素，我想應該是我說自己當文學獎評審，曾被一篇臺文書寫的文章感動到鼻熱眶紅。

我多麼擅用自己的身分以取得形勢上最好的平衡。

很快的，我就十分後悔我表露自己是作家。因為我的作業錯誤多、字跡潦草、聲符亂標、內容都從華語思維直接轉換，沒合臺文的語法。凡事由奢入儉難，華文於我如魂如魄如靈竅，我尚且很自詡從不用錄音筆，當場手寫採訪稿疾速如飛，即便別人眼中是鬼畫符、心電圖，我照樣閱讀無誤，完整不漏。現在每週的臺文作業被要求「字劃愛照起工仔寫，調符愛標好勢」，連塗改都被要求用修正帶，修正帶不上手，我的紙本老是顯得衣衫十分襤褸，有一次我還私訊老師：「共老師報告，我這世人頭擺使用修正帶，用袂順序，重寫的所在見擺攏舞甲腌腌臢臢，真歹勢。」也是一隻水濂洞美猴王這下被鎮壓在五指山下了。

老師再三叮嚀，臺語要隨出喙，至少在考前這段日子要讓臺語成為日常語言。十一月初，四位臺語班老姊妹去日月潭渡假，相約全程臺語對話，大家於是無時無刻不在滑手機查臺語辭典，Fen 拍了一張我們在象山遊客中心的照片傳給老師，說山明水秀並滿桌食物飲料，桌旁三人「攏低頭擄手機」，出來玩還這麼認真，Fen 不無一點討拍的意味，老師的回訊很快：「『低頭』要改成『向頭』。」

我的錄音作業，當然欠缺「臺語氣」，但每一則都在深夜人靜時，一遍又一遍無數次刪去又重來完成的，老師也一則一則細微的糾正我們的發音、語調、內容，「溝通的溫暖就按呢失去囉」是「華語氣」，要改成「咱人的交陪就那來那淺囉」，「實在有可惜」要改做「實在誠無彩」……，十二月底結業後，我重聽自己的錄音作業，突然感到深夜孤燈是精靈的界域吧，讓很多的不可思議活起來，我用自己並不熟稔的語言，將心思情感讀出，現在聽來，像在聆聽另一個臺語我在真心對華語我傾訴種種，而窗外掖落來的月光，溫柔照映著我和她。

第一次課堂測驗，我考了三十分，第二次，我五十分，「我外省的」我說。第三次小考，老師先一週宣布範圍是講義一〇三頁到一四一頁。講義本A4大小，這範圍一頁有三十一個臺語詞及近義詞，共三十九頁，我將頁數除以七，一天天消化且反芻。說的寫的聽的比不上別人，活吞死背，只要我願意就我可以，我向女兒女婿大小金孫宣告：「這次，我要考一百分。」

我考九十，全班最高分。敗在最簡單的那題。人孤僻寡合是Koo-tak，就「孤獨」就對了，我寫成「孤觸」，「觸」同音tak，唉，知道多了就會想太多。那天，老師說錯一題的請舉白板，全班回頭看——，「我當過老師，比較會猜題抓題」我說。

這我上勢，轉換自己的身分以取得形勢上最好的平衡。

和金髮小王子的關係一建立，金黃色麥田從此對狐狸就有了意義，我與臺文也是，這段日子讓我開始真正凝目臺文作品。這五年，每年的十二月末，我都會去對年輕學子上一堂小說課，今年我要談魔幻寫實，馬奎斯、甘耀明都可以，但我挑《夜官巡場》，張嘉祥，民雄火燒庄人，裝咖人臺語搖滾樂團主唱。

後來，我作業乾淨，字不再牽了，是老師這句話說服了我：「這也是漢學考試，字一定要端正！」而文章水平雖不穩定，一些連詞、副詞還是搞不清楚，但已出現老師給的「內容寫了真好」、「意境寫甲真媠氣」的評語，「節儉是上好的品德，奢華是過頭的行踏」這句，我自己都忍不住要對自己大力按讚。

老師自己不知記不記得，他曾說考試用詞幾乎全在這整本講義裡。是的，我有在掂掇，啊不就這整本講義嘛雖然有重有厚字密密麻麻……，共二一三四頁。

一起老——陳淑芬

7.

但，這樣才有意思

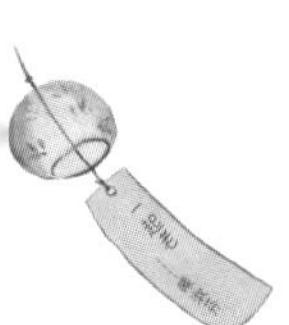

我想，我和發生那件事之前的我，在很多意義上，變成稍微不同的人了。打出這張PPT片子，我瞄一下牆上時鐘，剩二十幾分鐘，演講該收尾了。

那麼，發生了什麼事？讓學生速速上臺分享吧，一○八課綱，學生為主導，多元能力……。而年輕人的答案跳TONE有趣，這堂課就可以在笑聲中結束。上課開始十分鐘時，我小試了一下，讓他們上臺圖片解說，他們每一組都大方接招，完美達陣。

但，有一本書，我很想推薦給年輕人。憂鬱、痛苦、孤獨、從人際脫落、自我裂解、痛的融解、洗禮式療癒，這些人生很深細尖銳埋葬在幽閉心靈不出土難說清的暗黑感受，全被細部分解，局部格放且細膩描寫。是我將人生看待得太沉重嗎？不，是我很中意連加恩西非行醫手記裡的這句話：「好命的孩子，應該比別人付出更多，這樣好命才有意思。」

但，任一本知名小說都可以拿作我今天演講內容的經典範例，我偏偏選了冷門的豹子頭林沖。新世代年輕孩子，恐怕只能從電玩去知道格鬥的林沖，而我想，恐怕也只有我才願意對林沖深度理解如此詮釋。

但，很是卯勁賣力的，林沖這一單元我獨角戲單口相聲了三十分鐘，清楚看見有幾雙始終亮著且越來越亮的眼，有幾個已不支趴垂下去的頭，一定有一、二個，會回頭巡視一下全班，帶著一抹神祕的詭笑。

一直是這樣的，這二年的高中校園演講，若不設計些刀馬花腔、西皮流水其實很不投人所好，大大考驗著花樣年輕人的專注力。我知道，林沖一人殺三人，三、二次迴身，殺得有層次、有節奏那段，以及五嶽廟他一見調戲他娘子的是權勢官二代，拳頭立即軟了去，是魯智深的衝過去要教訓歹人這些段落若化成表演，絕對可以讓現場嗨成一片，但，很多時候，比起場子熱，我會捨不得那劇情那心情那掙扎的人的難處的情。

有些情節，一定要仰仗口說，因為年輕的閱讀脾胃輕易就會忽悠過關鍵細節，而表演很自己，笑聲很張揚，浮動的氛圍會沖淡需細細聆聽才可能生起的對他人際遇的同感體會。年輕，離真正人生畢竟還很遠。

為什麼林沖手刃自幼一起長大的陸謙，用的不是長槍是尖刀剜心？剜，不是瞬間完成的動作，那血迸濺而出的鮮紅意象，慢動作帶起他們童年每一幕無憂的紅，啊，那麼久遠的花開，那麼清晰的容顏，那樣不留活路的侵逼，那樣大悟後的澈冷：

大朵牡丹花／在你園子裏開放／是浮沉的水蓮／仲夏開滿山池塘，是你／讀書的硃砂／愛臉紅的陸謙，你何苦／何苦來滄州送死？

陸謙幼時必是愛讀書愛臉紅的孩子，林沖必是那愛槍棒陽剛氣的男孩，他保護過他吧不只一次，而後來他背叛算計他也不只一次……，我如何能不提起楊牧這樣寫的《林沖夜奔》？每一朵新紅旋出昔時馨紅成漫天一片血色腥紅，噴濺在一個偉岸男子陡降如雪冷的生命，從此不再記憶。

沒人提楊牧的詩，施耐庵書上沒明寫，我若也沒細說，年輕孩子怎能知道，擁有過幸福的人，以為只要盡力幸福就能再回來，八十萬禁軍槍棒教頭林沖是最標準的公務人員，也是最模範的囚犯，他還想回功業的汴京，他還想要在草木青青的春天，和他的娘子在木蘭花下下棋，喝著酒，看他青春的娘子，衣帶飄起盪鞦韆……。

在體制內掙體面，情感美滿，家庭和樂，為了安定甚至有點怕事，讓一個和我們很相像的，字典裡從沒出現過「梁山」的人，一步步走向自己的反面，終也被逼上梁山，林沖個人性格的轉，與小說情節的轉，全都無一偶然合理合情，《水滸傳》「官逼民反」的主題，這不也才被架得至頂最高？

我今天的講題是《好好說，漂亮轉》，談小說的情節：起始、發展、衝突、解決。無衝突即無故事。掐去學生的表現，這堂課的按讚數絕對會少去一半，但，我想，我得

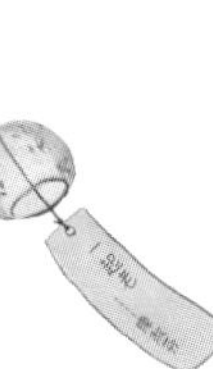

這樣說林沖，才有意思。

就說吧，這收尾的二十幾分鐘，我單口簡介了村上春樹的《無色彩多崎作的巡年之禮》，我告訴臺下的年輕人，掉落是容易的事，美好的事會消失，這世上「沒有不包含悲痛吶喊的平靜，沒有地面未流過血的赦免，沒有不歷經痛切喪失的包容。」

我問：「那麼，發生什麼事會讓你『變成稍微不同的人了？』」他們眼球隱動真的在想。剩三分鐘。

「霸凌、被背叛、父母離異、家變、課業挫敗、不滿體制、憤世，大體上，年少的你們不脫這些……。但這本小說一開始是這樣下筆的。」我搶時間繼續說：「從大學二年級的七月，到第二年的一月，多崎作活著幾乎只想到死。」

「那——你們知道他遇到的是什麼事？」每隻眼睛都張著。時間到。

「你們自己看書就知道。」臺下一片哀聲。下課。

古典，落伍了，紙本，非主流，好好聽人細說個故事，很考驗，可以這可以那啊，新世代學生的確需要多種能力的培養，但，有時得回視本質，這樣文學才有意思。

8. 足夠

那日友聚，隔著一波聒噪，我聽到對座的P對我說：「老師，你會延壽。」

這話題拋接墜地，沒續。大家嘻嘻哈哈扯別的去了。

壽，生命，年歲，時間。我知道我的續命旗延壽燈，大概就是文字吧，我將我交託給散文，將中文系學生以小說註記。每篇文章寫成，一步反身我就揚之於虛空大化，那是一種大氣灑脫的，與自己訣別。

落地它若成種子，就讓它在我從不預期的土壤，長成它該有的繁盛或涼平。

我若真延壽，我恐怕只因——用文字不知何時溫暖熨慰了不知在何處的一顆心。

這些年我隱約有「朝聞道，夕死可矣」的天地無憾，世路走得夠長，年歲積得夠多，真的能擁有不同維度的視野，可是，我現時現刻顧好自己、本分盡責，和我想要跑步去投胎、轉世重來的情感刻度，竟然是水平一致的。

本命加延壽，一生多長才算足夠？手邊剛好看到一則報導，我如此有感的拿了另一則故事做對照，而這被我從倒回的時光軌中拉出來的故事真老，老到可以無限延壽。是王安石與蘇東坡。

蘇東坡沒因烏臺詩案死在獄中，沒在貶官途中自殺成功，沒在黃州憂鬱以歿，就是為了成就黃州之後的自己。一〇三七年到一一〇一年，蘇東坡活了六十四歲，以古人不算短命。宋神宗元豐七年，他離開黃州往汝州赴任，路過江寧，有一老者騎驢在江邊等候，每次讀書至此，我總在想，或者，人要活過人生最特別珍貴的一刻，此生才算足夠。

那老者是下了野的王安石。一向都說他們不合不容，但相見這一場，他們一壺好酒，幾卷文帙，談禪談詩，成了二個純粹的人。

「野服拜見大丞相。」蘇東坡表示失禮。

「禮豈是為我輩而設。」王安石真情流露。

十數日相處後，「勸我試求三畝宅，從公已覺十年遲」，蘇東坡說他真想受邀留下來當王安石的鄰居，他覺得他的人生錯過王安石整整遲了十年光陰。

而一生足夠了的，應該更是王安石，二人告別二年後，王安石辭世。臨別送蘇東坡到渡口的那個秋日，王安石目送水天中蘇東坡乘船離去的身影久久，他說：「不知更幾百年，方有如此人物。」

那年，蘇東坡四十九，王安石六十五，他們的人生要活到江寧相會之後，我想，那才堪稱足夠。

所以，延壽不只是時間吧，生命的質地也算，歷程中每一次覺與悟、蛻變與重生也算。今人的一生，沒意外的話七十八十起跳，這數字不長不短長點短點都剛好足夠，足夠讓人擁有一些又再失去，失去的換種形式再回來，足夠讓人發現年輕時的意氣和才能，沒法適用到老，逐漸老在時間裡了，也還得練出一種新的意氣和能力

我此時都比蘇東坡活得長了。覺得一個人如果能從浪漫走到浪漫無用到仍希望在別人身上看到對浪漫的美好堅持，能明白傾斜、醜陋、虛妄、矯飾的必然卻依然溫煦的凝視世間，能平行而不是走近幻美的海市蜃樓，伴隨漸次消蝕的幻影一步步走過平沙荒漠，大概這一生就算足夠。

而那樁讓我時間軸拉來推去的，手邊無意中讀到的資料，是義大利足球國家隊的馬特拉齊（Materazzi），於二〇二〇年五月接受訪問，談起二〇〇六年足球史上最憤怒事件之一的原由。那報導標題下的是「十四年後的真相大白」。

二〇〇六年的世足盃冠亞軍賽，同時也是法國人心目中的足球英雄席丹（Zidane）希望能劃下華麗句點的告別賽。在開賽七分鐘席丹以一記十二碼為法國隊先開紀錄，於比賽第一一〇分鐘，他頭槌對手隊馬特拉齊倒地，被罰紅牌出場，最終法國隊輸了比賽。

全世界的人透過影片，依然可以看到當年球場上馬特拉齊口中說了一些什麼，讓還

有十分鐘就要完美結束職業生涯的席丹，不顧一切的違了規。

沒有挑釁就不會有反擊，當年席丹受訪曾做了簡單說明，的確是遭受侮辱性的言詞。但馬特拉齊呢？延到十四年後，終也等到由他口中說出，當年他對席丹說的是：「我要你姐姐。」受訪中馬特拉齊推崇了許多足球明星包括席丹，但我手機滑來滑去，似乎沒見到他對當年那些侮辱言詞的歉意。

英雄、傳奇、神球技、富精神感召力……，是我們眼中界定的席丹，一如我們也都有各種展示在人生的樣貌，但像那種力求恐怖平衡的玩具積木，抽出關鍵一個就瞬間全盤倒榻，席丹有球場上絕對看不見的最關鍵的一塊積木，剛好被碰撞。生命自有豁亮的明展示，但還有更深邃的看不見的東西。很多事，既要時間長，又要顧看深，才足夠。

我心領P友情的鼓勵，他總說：「文字無聲，千年有光。」勉我繼續書寫，我思量了一下本命延壽的相關，於一一〇一與二〇二一間，古今中外對照了誰與誰的「大家風度足千秋」，可是，當讀到在這疫情的二〇二一年年初，「現任西班牙皇家馬德里隊總教練的席丹確診感染COVID-19」的訊息，我眼神還是閃晃了一下。時間軸不停向前緩緩，這世間出人意表的情節演示不停，一切都還在變化中，變化。

或許時間軸非簡單的線性吧，立體穿梭，次元交錯，遠近實虛，怎樣拉長拉短推前推後也不足夠。

9.

新日常——記一段特別的集體記憶之1

我說：「你的信耶，是誰寫給你的，信封寫的是你的名字呦。」我四歲不到的金小孫假裝識字，接過信說：「是孟娟老師。」那是百貨公司寄給當月壽星的生日卡。

這海豚班小男孩，想老師了。

停課二週了，金大孫那班開始線上教學，同學們的影像一格一格出現螢幕，小孩們全都扯開嗓門忘情喚名招呼，線上熱情失控無法上課，老師急忙用手機群組通知爸媽，請將視訊上個人麥克風關掉。

小孩的思念沒大人那麼華麗深窅，突然不上學的日子，他們忙著在緊閉的空間裡從不新鮮的事裡找出無窮的新鮮，很純粹的成日無拘瞎玩，平日那些固定熟悉與喜愛不喜愛的，他們像高人看待消失或存在一般，不追問，不糾纏。

好似不回頭，而他們卻以他們的方式在記著。人與人連結的最初化，就是這種沒有怎樣而一直記得的真模樣吧。

忙各自的去了，沒任何聞問，大人們有時還用因緣二字聊表情緣深淺，而小孩表面完全看不出來的這種記得，漪漾淺淺的如此澎湃。

我對安好日常的思念，情感上一如我謹慎我的疫情三級警戒日子。一向需要儀式感的我，翻轉改變間通常忙亂一陣就能從中找出新的規律與節奏，再起新儀式，安於一款新日子。儀式，別人眼中毫無意義的行為舉止，是我的宣告就緒。三級警戒日子，慎己而已。

只為自己負責，這責任多麼輕小呀，在臺灣醫護警消面前，在一樁樁生離死別故事面前，在被迫凋敝的百工面前，在突然驟增停不住的數字面前。我是坐在家中，看著電視新聞播著確診病人南送的隨車護士及司機，因長時間穿防護衣，紛紛熱衰竭。我是半夜躺在床上看著YouTube節目，接到我護理長朋友傳來的訊息，為了減少舟車往來的時間，她決定乾脆住進剛成立的檢疫所，以便全心照顧病人。

只要戴上護目鏡口罩，消毒酒精隨身，必要時才外出，手機拿起掃1922條碼，不與人相聚，不隨便在群組傳圖文影片，也不隨意呼應別人的文字意見。這樣就是我疫情三級警戒的新日常。

真人真事改編的電影《北峰》，敘述一九三六年即將舉辦柏林奧運前的夏季，德國兩個巴伐利亞士兵東尼與艾迪，參加全球矚目的世紀賽事，攀登阿爾卑斯山艾格峰北坡的故事。北峰俗稱「殺人峭壁」，凶險無比。這部電影劇本、攝影、音效都獲大獎，導演在劇中多元素多層次呈現的多種價值觀，涵蓋了人類的永恆思考。我印象中深刻的一幕，是東尼與艾迪成功攀越一段山壁時，艾迪放掉了手中那段繩子，東尼阻止不及。

艾迪說，我們用不著了呀，我們下山走的是那一條安全的路。艾迪指著甚至看得到山腳的山的另一面。沒想到，狂風暴雪驟至，他們必須從原路回去，缺了原先那條繩子，他們回去的路更加艱辛危險……。

他們都沒回來。意志力也克服不了大自然的無情。自從看過電影，我倒是老想著那條被放掉的繩子，在我感到自己有點順的時候，有點可以放心的時候，有點被自以為是教訓到而感到懊惱的時候。同時我也一直記得艾迪放掉繩子說話的神情。人在做錯之前，都以為自己做的是對的。

「去年與此刻，樂土與崩壞，回憶與現實，一切都太不真實。」我反覆看媒體人臉書上這樣的一段話而憮然良久，去年，在樂土，我和朋友們一起完成許多大事，無情是躲不開的頭頂上旋即變色的那朵雲，在我們開心慶功時它就已悄悄在醞釀成形嗎？曾經，我們竟然以為臺灣或許能免。

我是全民國家隊一員，從沒退出過，人生有些時候需要熱血，有些時候需要的是相信。相信疫情一定會有發展的長過程。相信那些確診隔離、痛失親人的人，疫情過後，或許連苦難都說不完整。相信瘟疫就是日常，從未消失，而人在日常會患的毛病，瘟疫中也會。相信人生與世事都沒自己想像中容易。相信所有的不盡完美，也一直在做最大

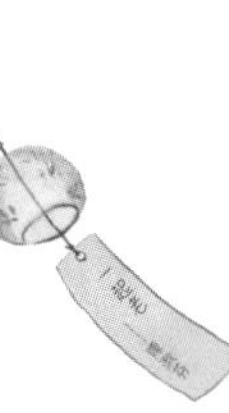

的努力。相信，而被託付的人，沒做到盡頭，就算辜負。

不必懂政治，不必熟世事，有時就像小孩那樣吧，口罩洗手早都成習慣了，說病毒在外面走來走去所以不可以去上學，追隨著大人的話語，聽到疫苗來了，就跳著大叫「哦耶！」純純粹粹的看起來沒怎樣，心中總有自己的記得。

這樣，我的新日常。

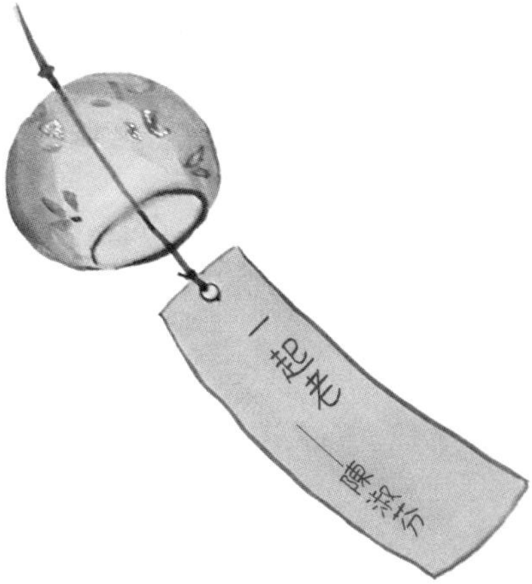

10. 借我——記一段特別的集體記憶之2

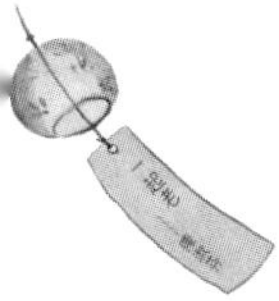

借是短暫，久一點，快一點都要還。

COVID-19讓我的日子起了不同，但未來我相信終也會回到我的常軌，所以時間是借我的，我是說這幾年。

二〇二一年五月，臺灣疫情三級警戒，我所有排定的行程一夕取消，街上人車都稀少，時間慢下來，空間寬起來，那二周，真像木心筆下的〈從前慢〉，長街無行人，「**日色變得慢／車，馬，郵件都慢／一生只夠愛一個人**」。

我戴上口罩，順便噤語吧，看見那麼多人生計無繼，店家熄燈，業務停擺，而我，配合防疫而已，那有開口抱怨的資格，頂多是爆表了自己的汗顏指數：

幾乎滿的電梯裡，大家口罩蒙臉不露痕跡，其實都在運力，盡量身站挺、手貼身，好多擠出幾公分的身距，「叮」我進來了，電梯關門，眾目睽睽，心照不宣，靜——，我，忘，了，戴，口，罩！

恨不得遁地，這是什麼時候了，還有人如此白目？企圖彎腰蒙臉未遂，我只能垂髮低頭抿唇，想起前二天，一位春風少年兄的黑壯小子，因為沒戴口罩，見我進電梯，慌得雙手拉起T恤圓領遮口鼻，整個人蒙頭縮在角落如見到鍾馗的鬼，他摀在衣領後的嘴，也一定用力在抿唇。

而熟或不熟，多少都知道我是有症候的人，在家一無作為，一定得出門去到咖啡館讀寫。以前我糞金龜一般揹著書、電腦去，這幾年，我改用娃娃車推去。看得見的我的著作、我的教材、講稿，看不見的我的情思、我的弭亂消憂，全都是天天坐在咖啡館，「我一個人咖啡」結界中完成。

三級警戒不准內用！

看或沒看過，多少也都知道，我是全臺中最愛在街上邊走邊喝邊手搖飲的人。

三級警戒不准邊走邊吃東西！

只冷清了二天我就一切就緒，生物總會自己找出路的。

這段借來的時間，我文章仍一篇篇寫，平日難寫延宕著的也完成，線上教學進行著，臨時被通知打疫苗那天，九點半施打完，趕回家還準時參加了九點五十分的線上會議……，歹症候戒了？不，還是出家門，一個口罩，一部架著筆電的娃娃車，公園椅子，園道樹下，我家社區大廳一隅我都可以一個人一個結界，在女兒家當神隊友，趁孫子午覺，我也當她家餐桌就是咖啡館……。

沒得選，反而不分心，不岔歧，分外聚精神，越簡單的越無他想，只是此時，只有此刻，只夠愛一種方式。而借來的，終歸要還，無論怎樣在還清之前，何不在態勢上狂放壯闊一些。

然後，我用曾經滄海的心迎接二級警戒，重新建構一張可內用的咖啡館地圖，透明隔板，隨處一張畫叉的騎樓桌椅，於我都甘之如飴。車多了，人多了，我和我熟悉的紅塵近一點了。

真喜歡木心先生這句話，生活的最佳狀態是冷冷清清的風風火火。

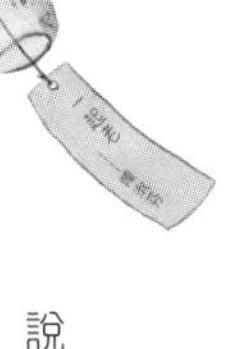

11.

刪去——記一段特別的集體記憶之3

我城限水。

四月初開始供五停二，星期一晚上十二點關掉加壓馬達，星期四起床第一件事就去打開，成了我新建立的新日常。星期四一到，我心中老有大力搖晃汽水，「啵」一聲開瓶蓋，白色泡沫蕈雲衝起，再瀑流直落的，想大吃大喝，想找人大聚的慶祝感，雖然我什麼也沒做。

社區大樓都有儲水，其實並未真正停水，關了加壓馬達的水量會變小，星期二、三我都瓦斯爐一開，煮水洗澡，就一個水桶，冷水熱水比例調好，用杯子舀水，一杯一杯澆身子。那是幼年不是嗎？一澡盆水，水瓢一瓢一瓢，洗了二個弟弟，再來是我。媽媽有時夾煤球來煮水，有時，一整天讓日光將盆水曬到溫熱。

為盆栽澆水，我一盆一盆小心的當頭淋，再不能有從前水管橫掃雨露均霑的豪邁，讓一盆盆綠植物享受強力水瀑SPA，我總是還順便將陽臺地板沖也洗得一片薄薄水漾。

限水近二個月，水管依然掛水龍頭，陽臺是真沒以前那麼乾淨，但植物如常。

我是天天出家門到咖啡館讀寫工作的人，風大雨大都無法挽留，供五停二後，很多咖啡館店這二日休館，開著的，大多不提供廁所，這才是我意料之外的小麻煩。

疫情嚴峻，大多店家只提供外帶。那一天我去的咖啡店，店內每一桌都擺上告示牌，明白的告訴你，一進本店，口罩完全不可取下。

這是我常去的咖啡店之一，賣自製的麵包、蛋糕、甜點，還賣早餐及各種飲料。向街的玻璃窗邊有桌椅，提供WiFi與插座。

我看著告示牌腳步遲疑了一下，靈巧的店員八成明白我的困惑，也或許她早熟悉我和我的需求，不待問便主動說：「你是可以坐，只是不能脫口罩。」

我也剔透吧，不加思索回答：「我知道，我知道，我要喝飲料的時候，會走去外面。」那天坐在店裡的客人，只我一人。

我在那店停留了五小時多，如常，包括出去吃個中餐，回家上個廁所再回來。只是，喝那杯紅茶拿鐵的時候，我起身，走出店門，站在騎樓，拉下口罩，對著街一口一口慢慢喝完。

我好像從未如此全心全意對待過一杯紅茶拿鐵，啜吮，滑口，入喉，暖胃，口腔撲漫起紅茶被牛奶中和的香氣，就此刻，它不附屬於電腦、主題、文字或閱讀，它是唯一，如此少而精確。

行人車輛都減少，騎樓桌椅收去，一整條長街五顏六色高低參差的各式店招，因為街的空，像個濃妝豔抹的人，收斂張揚招搖突然安靜下來有點不知所措。疫情讓整個世界空很多。空很多像坐硬板凳，坐慣抱枕沙發椅的人得調個新而彆扭的坐姿，僅管很不舒適，坐著坐著，總也是有得坐著。就在那紅茶拿鐵騎樓，不前不後我腦海突然浮起蘇紹連的一首詩，他說若是詩裡有形容詞，詩人一定「**刪你濃濃的／刪你軟軟的／刪你美美的　肉肉**」……。

刪你愜意，刪你任性，刪你舒適，刪你溫和而無害的揮霍，我的生活是一首胖胖的詩吧？

全城商家禁內用，在騎樓脫口罩喝飲料成絕響，供五停二的水情，最近再多加八小時了，數字本來就是供跳動的不進則退，有時數字本身的機鋒，還能無限後設呢！「嘆人生，不如意事，十常八九」辛棄疾這句話，我守之用之受惠之大半人生，真的是這些年才被網路圖文不斷提醒「不思八九，常想一二」，一個顛倒換位，所有八九都若素，每一椿一二就分明，在八九與一二變化無窮的機率組合間，刪去數字本身，平衡出一種變的無節奏的節奏，我想，我也會找到自己的恆律。

還有更重要的事呢！這病與安，生與死徒手相搏，明暗閃滅、黑白駁雜的人間，刪去或者也是節制，節制成一種新的立點視角，更適合時久與行遠。

輯2 說好的就善良。

我們共同的名字，就叫做眾生，
對人的厄運感到同情，
是很自然的事，
做很自然的事，
何須去提起？

1. 空雷，並未落雨

1.

這場，不知該算不算東北季風的業績？三國赤壁那場，業績確實歸東風。

2.

民國三十六年三月二日，高雄要塞司令彭孟緝要求澎湖要塞司令史文桂，派兩中隊兵力增援高雄，撥交彭孟緝指揮。

二月二十七日晚上，專賣局查緝婦人林江邁販賣私菸引起暴動，由臺北蔓延全島……三月二日，新竹暴動，臺中暴動，嘉義暴動……史稱「二二八事件」。

史文桂沒派兵，理由一是民情，二是天候。

是日，澎湖著名的東北季風異常猛烈，完全不利船行。

至於民情，就真的無法三言兩語以業績來論了。

澎湖人很多求學、工作去到高雄，高雄像澎湖人第二個故鄉，地方士紳與青年大力阻止，「無論如何要把這艘船擋下來，絕對不讓軍隊去殺澎湖人」。

史文桂為此召開軍事會議，軍醫許整景及整個參議會大力反對調兵，史文桂遂向中央要求，軍隊暫時不調離澎湖。

而民情中最關鍵，如暗夜險浪最驚聲澎湃的那一記，如暴雨前空中響雷極轟隆霹靂那一聲的，是民女遭軍人槍擊這一事。有人稱為「澎湖版林江邁事件」。

三月二日傍晚，參議員紀雙抱的女兒紀淑帶著妹妹，從娘家返回位於馬公的自家，戒嚴期間，天色昏暗，士兵喝令口令，因言語不通，紀淑沒有應答，反而加快腳步，士兵遂由她的背後開槍，紀淑腳部中彈倒地。

自從得悉臺灣起事，澎湖許多人已從離島聚集馬公準備響應，青年也組織自治同盟準備自發性維持秩序，他們且密謀前往警局搶奪槍械，是史文桂早一步將武器藏往他處而未釀禍。

這育有幼子的年輕母親遭槍擊的事發生，旋即沸騰群情，大家要向軍方討回公道，那天晚上，人群一波一波湧來包圍醫院，上千人集結院外吶喊……。

我讀關於二二八的歷史，心中最慨嘆的，莫過於「槍聲」這二字。二二七那天晚上，一路從天馬茶房被民眾追趕的緝私人員，槍聲一響，誤殺市民陳文溪，二二八當日，長官公署樓上機槍掃射衝進的民眾，戒嚴後，時起的槍聲……。

每一記響在二二八歷史扉頁的槍聲，在我耳中，最徹底的巨大的無可挽回。

3・

馬公第一起槍聲，集結了憤怒的群眾，以及第二聲槍響的可能。

但紀淑的夫婿許普立，立即聯繫許整景，許整景再連繫史文桂，史文桂下令「救人第一，費用不計」，極力保全紀淑性命。若紀淑遭不幸，軍方會負擔其子女教育費用。由日本京都大學畢業的賴銀和醫師負責手術，手術時間自傍晚七點到隔日凌晨四點，決定截肢，紀淑脫離險境。

當時縣長、鎮長、地方仕紳、有力人士都居中努力協調，紀淑的父親參議員紀雙抱，親自來到醫院外，懇切的勸說青年：

「我一個女兒犧牲了，不要再犧牲年輕人。」

歷史學家許雪姬在〈二二八事件在澎湖〉中說，紀雙抱在當年憤怒之際而能顧及大體，是整個事情能平靜下來的最大主因。

藏起槍械的提前布署，共同討論的不大意行事，有所抉擇的審慎思考，面對危機的竭誠解決，節制，對擁有權力的一方，尤為考驗。而當事人、在地仕紳、有力人士對年輕人的動之以情、曉之以理，同等效能的發揮了極大的安撫力量。

雖然回到歷史現場，我們的處理也不見得能更高明，但我總是在想，「澎湖版林江邁事件」槍聲擊向當事人，事件終能平和落幕；「臺灣版林江邁事件」槍托敲向當事人，一發不可收拾。這二事，可不可能交叉或互文？

4・

民國三十六年十二月，馬公民生路介壽路交叉路口，樹立一白色牌樓，名為「西瀛勝境」，兩側石柱各鑲嵌國民黨黨徽及碑文。內容為二二八事變發生蔓延全省，只有澎湖一地「安定如常」，「嚴守秩序」，特撥國幣二億圓合臺元五百七十一萬四千，嘉許澎湖。

史文桂與地方政府法團首長仕紳討論後，款項半數發放全澎同胞，半數修建永久建築，其中八十萬臺元，在觀音亭與澎湖水產職業學校之間的海岸，闢建一座海水浴場中正公園。這是全臺灣第一座二二八紀念公園。

到過澎湖的人應該都曾從「西瀛勝境」牌樓走過，那兒望眼是風帆點點的美麗觀音亭海域，夜晚是花火節看煙火的最好地點。

媒體以「空雷作響終未落雨」為標題形容澎湖的二二八事件。「終未落雨」不意味安靜無事，是厚雲烏天大雨凝釀眼見雨即傾盆，那千鈞一髮軍民對決雷聲驚天的離島史事，一定得要鏜然鋪陳在前，「安定如常」，「嚴守秩序」這幾個字，才能從平面變立體，從尋常成不凡。

至於轟雷成空，你要看作歷史的偶然、運數的命定嗎？那些城隍廟前苦口婆心勸撫青年不要以卵擊石的長輩，醫院門口不斷來回折衝的在地人士，那些隱忍顧全與細思深慮……我想，我會看作，人的本分、自律與節制。

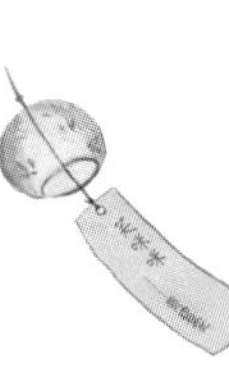

建築中正公園記
本年二二八事變發生蔓延全省祇澎湖安定如常
國府主席蔣公以澎胞對茲事變嚴守秩序深為嘉許又以列島生計困難特發國幣
二億元合台元五百七十一萬四千派　國防部長白崇禧上將宣慰賑䘏　部長旋
奉召回京不及來澎遂派文桂代表宣達　主席德意並發放賑款文桂遵於四月十
二日召集民眾大會代表宣慰並於同月十四日召集地方政府及各法團首長士紳
商討賑款發放辦法經決議以款之半數普遍發放全澎同胞以半數修建永久建築
內撥八十萬台元建築中正公園紀念　主席公推文桂董其事隨勘定觀音亭水產
學校間海岸公地為園址因撥款有限由本部發動兵工於六月間工計修葺舊有浴
場涼亭廁所休息室水井及新建公園牌樓浴場更衣室洗水室涼棚搖籃跑馬台涼
亭網球場排球場籃球場廁所暗溝階梯石欖暨防波堤等於十月底完工眾請文於
余爰將建築之經過記之以昭其事實焉
馬公要塞中將司令史文桂敬撰
中華民國三十六年十二月　立

馬公要塞司令部史司令文桂勛鑒頃奉
國民政府主席蔣電令節開以澎湖列島人民對
此次事變厥守秩序殊堪嘉慰又查該島地屬貧
瘠生計困難亟待救濟特撥國幣二億圓請前往
宣慰賑撫等因茲派貴司令代表本部長宣達
主席關懷台胞之德意即會同地方政府及各法
團士紳人等妥為撫慰散撥賑款以示德意并將
辦理情形具報為要國防部部長白崇禧卅六寅
儉慰一
史文桂敬書
中華民國三十六年十二月　立

▲澎湖「西瀛勝境」牌樓。

◀「西瀛勝境」牌樓碑文。

這場，不知該算不算東北季風的業績？
三國赤壁那場，業績確實歸東風。

5・

碑文上說，本來派國防部長白崇禧上將來宣慰賑撫，但部長旋奉召回京不及來到澎湖。

三月十七日至四月二日，白崇禧上將在臺灣十六天，處理二二八事變善後事宜。白崇禧帶來國防部〈宣字第一號布告〉，其中第四條：「……參與此次事變或相關人員除煽惑暴動之共產黨外一律從寬免死。」這寬大善後的頒行，保全許多臺籍精英，許多人因而直接、間接獲救。

白先勇《父親與民國》中提到白崇禧將軍的國葬：「前來悼祭的還有許多本省人士、臺籍父老，很多與父親並不相識，攙老扶幼到父親靈堂獻花祭拜……因為他們感懷父親在『二二八事件』善後措施中，對臺灣民眾所行的一些德政。」

當年澎湖馬公要塞軍醫許整景，因事件中曾被推選為縣長候選人，被認為是有政治野心的危險人物，史文桂建議他寫下陳情書，並替他面呈白崇禧，「幸蒙白部長明察，始免於難。」他這樣說。

民國三十六年四月，白崇禧上呈敘獎，乞核示：

> 查此次臺灣事變中，高雄要塞司令彭孟緝，獨斷應變，制敵機先，俘虜滋事暴徒四百餘人；基隆要塞司令史宏熹，擊破襲擊要塞之暴徒，使臺北轉危為

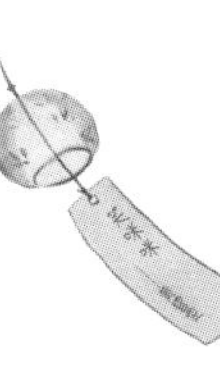

安；馬公要塞司令史文桂，先將警察繳械防患未然；嘉義空軍基地……。

軍務局簽註：

呈核。

一、……以上各員均確有功，允宜獎勵。

二、馬公要塞史文桂，對臺變無甚貢獻，且有人責以按兵不動者，似可不獎等語。

6.

我在網路搜尋「史文桂」。

安徽合肥人。保定軍校，黃埔軍校。一九四七年任澎湖要塞司令。一九四九年任臺灣炮兵司令。一九五四年退役。

一九五六年任臺北縣立北投中學數學老師。一九五七年任臺灣糖業公司顧問。

一八九六年生，卒年不詳。

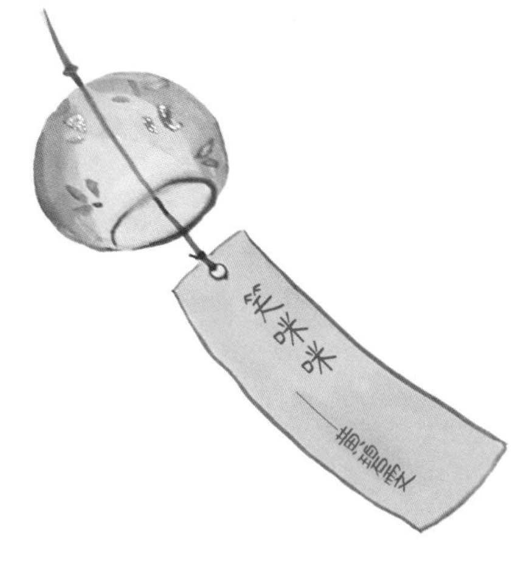

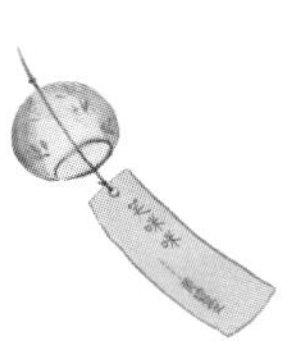

2. 我在故事的森林裡

1.

一場關於臺灣前輩雕塑家蒲添生的演講後，觀眾對二位講者提問：「如果你父親的作品只能留一件，請問你們會選擇哪一件？」

大兒子蒲浩明選的是《運動系列》，這系列作品動能流轉，捕捉人體力與美的瞬間，展現了動態的極致，集中放在一處時，整體律動線條宛如狂草書法的揚飛。

三兒子蒲浩志說：「我選林靖娟老師那一件，那作品以生命換生命。」

2.

二〇二一年秋天，國父紀念館《塑X溯─蒲添生一一〇雕塑紀念展》中山畫廊展場，策展人蒲浩志親為導覽，說提問這段故事的時候，我們就站在林靖娟老師《浴火鳳凰　羽化成蝶》雕塑作品的說明照片前。

林靖娟老師是第一位入祀忠烈祠的平民。一九九二年五月十五日桃園平鎮健康幼稚園火燒車事件，林靖娟老師為了搶救學童葬生火海。

影片中，受訪者說：「當時有人在問『靖娟呢？靖娟呢？』，就聽到有人說：『她又進去了』。」林靖娟老師再入火場，從窗口送出六個小朋友，無情大火旋即捲噬，林靖娟老師身下覆護著四名幼童，一起與不及逃生者焚身車尾。

接下林靖娟老師紀念塑像任務的蒲添生說：「社會上就是缺少林靖娟老師這樣捨己為人的大愛精神」。

先作細心觀摩，再開始構思創作，在第三年，蒲添生身體不適發現罹癌，為了作品的完成需要體力，不惜和家人辯論拉鋸，拒絕積極性的治療，工作過程他常昏倒在升降梯上，輸血後一有體力，便繼續創作不休。

「眼見林靖娟老師作品一天天在完成，父親的生命一天天在消逝，」蒲浩志說父親曾上下比畫著胸口，親口對他說：「我若從這裡開個刀，哪還能有體力完成作品？」

一九九六年五月十五日，作品如期完成，十六日，由蒲浩志代表完成點交儀式，五月三十一日，蒲添生逝世於臺大醫院。

中山畫廊展場的一隅，有一句醒目的書法，那是長子蒲浩民親書，雕塑大師蒲添生的藝術魂：

當我創作停止時，就是我生命的結束。

雕塑家蒲添生最後的雕塑作品——林靖娟老師。（蒲浩志提供）

3・

展場以南北室區隔，南室「溯」，除了臺灣美術史的溯源、蒲氏家族三代創作的傳承，也展出蒲浩志近年來致力的盲人觸摸藝術，他說這只是拋磚引玉，但在我眼中，這已然就是推廣文化平權傳承大愛精神的實踐。蒲浩志說：「藝術家不只用藝術品，要用自身去回饋社會。」

北室「塑」是視覺主體，完整呈現蒲添生一生的經典創作。

蒲添生雕塑作品中的一九四六年《蔣主席戎裝銅像》、一九四九年《孫中山銅像》、一九五四年《鄭成功銅像》，都曾被爭議討論，但是我一直無法不回到敏感複雜現實困境的思索，也不能確定妥協與執守之間的隱形界線，究竟該畫在哪？連結至一九八八年臺南火車站前《吳鳳騎馬》塑像被抗議者合力拉垮那一幕，這一段長長時光痕跡中的蒙太奇剪接影像，我看到的是臺灣近代歷史威權到民主的一步進程。

因為，我身在可以平順呼吸著自由，相對明亮的年代。

所以，逡巡作品之間，我總覺得，一直覺得，自己走在參天的、蓊鬱的、樹幹斑駁的，夕照靜靜映著的故事的森林裡，近處光影錯落，最遠處迷茫有霧。獨立的作品，自有創作背後的故事，作品與作品之間，也時時相互牽連起神祕的連線，讓故事豐富了起來。

我看《臺灣歷史人物及名人群像》雕塑系列，楊肇嘉、蔡培火、杜聰明、孫科、吳

雕塑家蒲添生作品及展場。

三連、黃朝琴、謝國城……，連成了臺灣發展的立體縮影，是臺灣歷史的一個面向。

我看見一九四七年曾被藏於庭院花叢的魯迅雕像《詩人》，如今堂堂在聚光燈打照下凝神靜思。

我與《春之光》作品一對視，一九五八年日航班機上「機長廣播，各位乘客，我們很幸運與獲選日展的作品與作者一起飛往臺北」的聲音油然響起。

一轉身，我照眼一九八二年因裸體被拒於國父紀念館，二〇二一年這尊高舉雙手展身而立的裸女作品《陽光》，重回在國父紀念館展出。

而我為之再三流連的，是《家族系列》。

除了空間立體感之外，雕塑留有情感最私我細緻的觸覺，將今生情緣特殊的父母子孫與親人的頭像、半身、八歲時的足、幼年抱犬……以觸覺的方式細捏慢塑如肌撫膚觸，讓我霎時間感到，唯如此，深情方可分寸盡達。

我留意著二十四公分高的作品《妻子》。一九四一年在日本，他替初為人母的妻子陳紫微留下柔和沉靜的塑像，臉頰、顴骨、鎖骨的凸凹處，都留有手感的溫柔細膩。家屬說父親過世後，常常看到母親用手去觸摸林靖娟老師塑像的火焰裙襬，那兒留有蒲添生最後的生命痕跡，粗獷指痕的溫度和記憶。

這小巧塑像安放在《蘇友讓先生》半身像旁，不遠處還有陳澄波斜坐像，恰好連結成一片網絡般的藝術姻緣、時代故事。

雕塑家蒲添生作品及展場。

蘇友讓請來好友陳澄波，一同鑑賞年輕雕塑家蒲添生為他作的半身像，映入陳澄波眼中的，是一尊很成熟的藝術創作，心中浮現出的，是一九三四年自己在東京參加帝展活動互動過的年輕雕塑家身影……。陳澄波請蘇友讓作媒，將大女兒陳紫微嫁給蒲添生。

陳澄波當然識才愛才，但他一定也印象深刻著這年輕雕塑家身上揚發的不同意興。後來在遺書中，陳澄波將生命中最繫繫念念的，盡託女婿：

請惜愛紫薇等之不周……
快點來安慰你岳母之安康否……
善後多多幫忙幫忙……

《妹夫》，是陳澄波二女婿張瑞亭半身像。陳澄波被卡車上綁赴嘉義火車站槍決途中，那一路追在卡車後，曾和父親四目對視的二女兒陳碧女，後來嫁給這位外省憲兵中尉排長。陳澄波遺書中有提到，「碧女的婚姻聽其自由」。

略以目搜尋，我特意來在《岳母》的雕像前，這是蒲添生送給岳母的六十五歲大禮。張捷女士，一向久聞，今得近諦，以默致敬。

拆下門板運回丈夫的遺體，張捷將丈夫身體洗淨，換上乾淨衣服，小心保留有彈孔

雕塑家蒲添生說：「當我創作停止時，就是我生命的結束。」

污漬的血衣，請來攝影師為遺體拍照，將陳澄波的文物、素描本、剪報大量存收，畫作拆框祕密保留……，終一生絕口不提「二二八」。

面對摧毀性悲痛，窒天錮地的迫頂壓力，所有審慎、冷靜、勇敢、堅強，單一美質打破，相注相成總和而成的，應該是膽識遠見與氣魄了吧，我常這樣想，也或者，單純只是一個聰慧女子對一個可敬男子，全數的理解與深愛。她相信只要長久忍耐與安靜等待，活著，終能守護住自己一生之所信與至愛。

我對張捷女士默說，有時，我也會這樣想。

4.

《林靖娟老師紀念塑像》是塑像與浮雕的結合。浮雕部分由長子浩明和孫女蒲宜君執行完成。

塑像高三點七公尺，林靖娟老師赤足踏在火焰中，左手抱著幼童，右手伸向天空，中指指尖有一隻展翅的蝴蝶。

我說：「那小孩偎在老師肩頭，微笑著。」唉，我真了解幼兒的依附感，那絕對的喜歡與信賴。

蒲浩志說：「在『司奶』。」是啊，這句臺語才百分百傳神。

「蝴蝶？一定就要鳳凰、蝶、浴火——嗎？」我仰頭喃喃自語。

便聽見蒲浩志在說：「更寬廣，更自由，是快樂。」其實，我要的就是這個答案吧，我要一個自己心中喜歡的已有的答案！不禁小聲輕呼了起來：「是，我就是為她手尖那隻蝴蝶來的！」

不再受限困，不再逃無路，不痛不苦不難，生命可以還原，自由、輕盈、寬闊明亮。

塑像背後那以三塊八卦形式拼合而成的浮雕，就是二十三位罹難者在天堂快樂生活的情景。大人疼愛著小孩，小孩跟著他們親愛的老師，要去上學囉，一起玩遊戲囉，老師，老師，老師……。

5.

若存在過而被賦予意義的，就永不消失吧。偕行於這雕塑藝術的展場，蒲浩志也說人別把自己看小了：「每個人都有存在的目的。」

我迴身，展場燈照如夕光，時代的、家族的、溫馨的、悲痛的、愛與美的、情感與意義的……。

滿滿都是人的故事。

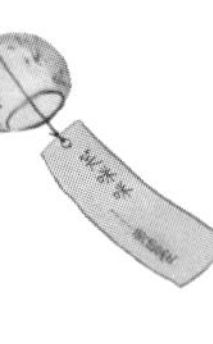

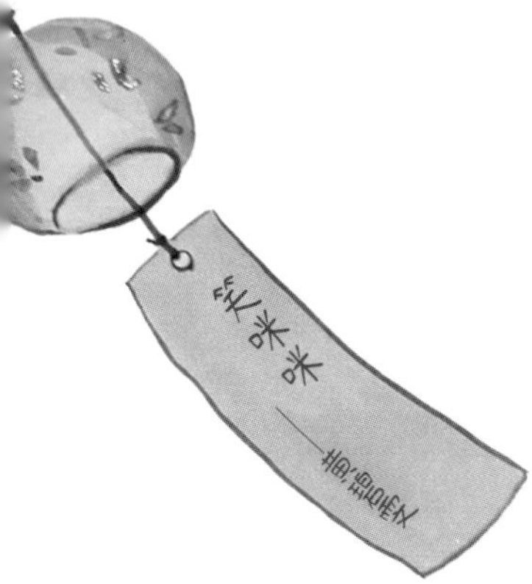

3. 之間

1．坐正

你是要來採訪鐵雄的英勇事蹟？小隊長問。

不，我在電話裡說，鐵雄的事蹟網路上都有。

我是感覺鐵雄老了，我說，還有，看見領犬員和搜救犬互看的眼神。

霧峰光復新村臺中搜救犬隊的會客空間，教室型灰瓦平房，屋內陳設很樸素，長條形實木桌、實木椅、牆面實木陳設架都出是小隊長自己的手工，有一面牆貼有一張大表格。

他親手為我沖濾滴咖啡，手沖壺的傾角剛剛好將注水的水流拉得又長又勻，流滴在玻璃瓶內的咖啡澄澈透明，咖啡的好通常從空氣就嗅得明白。

樸素，就是低調簡單，在這個會客空間，它還多了一種內收穩定的秩序感，彷佛一點點歪斜或張揚都會被凸顯，比如不知不覺我就會下巴收一點，腰背直起來坐正一些。

「你想寫的主題是什麼？」小隊長問我。

我看過隔壁「畫話協會」自閉症學員的畫布上一次次畫著搜救犬，我帶著小男孩站在乾溪的堤岸上亮著眼俯看奔跑的搜救犬被訓練、等在圍籬邊看牠們一個口令一個動作的進食，我從媒體知道一些搜救犬的功績，我知道鐵雄由內政部授階二線一星警官，我知道搜救犬銜著青天白日滿地紅國旗的元旦升旗照片在網路上爆紅……。

我就為這些而來，這一定是我不知多久之前就開始的起心動念，但不知為什麼，在這讓人會挺腰坐正的空間，我突然覺得自己這些念頭實在太「死老百姓」，當下心一凜，很確切的我回答小隊長：「我想寫『之間』，人與犬之間，人與人之間。」

「之間。」小隊長複誦了一次。然後，我就聽到小隊長說，沒有英雄，只有夥伴，我們這裡不創造英雄。

2・夥伴

「那還是從鐵雄說起吧，既然你在電話中提了。」

因為是夥伴，所以當牠老了、健康不佳了，你一定會為牠做最妥當的安排。除役犬有被認養的制度，認養人自有條件順位的核選，而最重要的考量是認養人要願意了解搜救犬的所有養成，配膳、醫療的認知學習都要到位。善待夥伴，要包含關照善終。

小隊長的「夥伴論」所觸及的，是生命本質的大議題。文明的指標，在於對任何生命的尊重，而尊重不是籠統的說愛，是經由了解的有能力去愛。而搜救犬的工作出生入

死拯救生命，超越了「夥伴論」，小隊長站在社會責任的立場在說話。

搜救犬日日照表操課，牠們要於坍塌的鋼筋瓦石礫塊中冒險犯難，在最惡劣的環境下完成任務。但狗兒只有快閃記憶，所有的訓練都必須反覆交叉、長時間、多次數堆疊以養成，領犬員遵守常規，熟悉包含配膳、衛生管理等所有作息狀況，與搜救犬日夜生活在一起，彼此的默契也是長時間、慢慢的堆疊式培養，搜救犬對領犬員，是絕對的服從與信任。而搜救犬篩選過程嚴格，從小的品格教育，會決定日後的發展，與領犬員之間，小隊長微笑著說：「人格的高低，決定犬格的成就。」

環環緊密相扣的團隊，內控分外重要，每一細節的培養都要極其精確，凡事盡力去做到最頂峰，甚且要有「虛驚經驗」，平日就要虛境模擬，推演各種可能而未發生的最壞狀況。

我突然明白，咖啡香氣中，讓我悄悄收拾散逸疏漫的，就是一種無形無影又無所不在的紀律感。

小隊長說自己像球隊經理，領犬員像教練，搜救犬像選手。選手的所有狀況，教練都要完全諳熟。二〇二一年六月五日，加入中興大學USR大學社會責任實踐計畫，臺中搜救犬隊擁有專屬的獸醫團隊，犬隻的日常醫療與健康安全有了更好的福利。「搜救犬工作條件特殊，動物福祉更該被妥善照顧。」小隊長說，八隻搜救犬的日常飲食都有營養師把關，而牆上貼的那張大表格，是可以反應每隻搜救犬狀況的飼料量精細計算。

而搜救犬和人一樣，還有情緒面要被充分照料。

他們自己的網站有一則貼文是這樣ＰＯ的：

忠犬展現分工
犬隊經理負責改造
犬隊教練負責訓練
完美呈現　搜救犬擁有獨立自主生活空間
……

3．連結點

連結點是一種微妙的開合力量。可以從無到有、從此到彼，可以漸小漸大，或者一個轉彎，整個情境就此不同。

比如一九九九年的九二一大地震，就是個連結點。

當年德國聯邦搜救犬協會（ＢＲＨ）來臺灣展現出的救災能量，開啟國人對搜救犬的新視野，也讓臺灣開始積極的發展搜救犬隊。二十年來，臺灣的搜救犬隊在任務測驗國際認證中締造絕佳成績，現場救災屢建奇功，世界若發生災害，臺灣搜救犬隊不會缺席。目前臺灣德國國際搜救隊和德國聯邦救難者協會，都進駐在光復新村。

我問到這裡二個月的替代役男，怎麼看現在的工作？

小隊長告訴他這裡「環境好」，他以為會是在深山遠地吧，沒想到會在這麼方便的地方，「空氣是溫暖的」他說，這單位只有六個人，大家都會相互幫助。

說話的時候，小隊長揹著噴霧器正在噴除草劑，有個領犬員駕著割草機在除草。搜救犬親人性強，服從性高，他為我說明著，並且說自己很喜歡一隻狼犬齜牙咧嘴很凶猛，卻非常會撒嬌的那種陡落差。

不知道在這裡的日子，會不會成為這個年輕人生命中的一個連結點？

新進的領犬員要被資深「師父狗」帶領著熟悉技術動作，具備基礎能量後才去帶新狗，「師父領進門」他們這樣說。救難任務中，搜救犬鑽入幽深莫測孔洞的時候，領犬員心中會擔心牠能不能回來，而一個指令，所有堆疊的平日就在一份果決與一份信任之間瞬間擦亮，我面前這位領犬員說：「面對極險惡的任務，狗狗有時會看我一眼，眼裡有一抹遲疑，但一個示意，牠就頭也不回的轉身去執行。」

一聽到這句話，我忍不住眼淚奪眶，紛紛直落……。是啦當然是想得太多關於處境啊什麼的……，那些忠誠與信任、天真與簡單、那一扭身就甩去害怕不回頭的勇敢、害怕也要一扭身撲向前去，那眼神……，那樣純然的兩者之間。臺中搜救犬隊果然是個連結點，唰！一整個拉低了我個人的新哭點。

位於霧峰光復新村的臺中特搜大隊搜救犬隊。

4・心中

窗外綠草地上，三支旗桿上的旗，一起在中臺灣金亮陽光下隨風飄揚。中央是國旗，右邊是消防局局旗，左邊是BRH會旗。

先立旗，再出征。二〇一八年出發參加斯洛維尼亞世界盃搜救犬比賽前幾天，小隊長下令在基地立旗桿插旗。旗幟凜凜，昂熱血，標士氣，人不在，旗也要在。

每次我在光復新村，堤岸走著，村子裡晃著，總感覺那三支旗桿三面旗可以鎮煞護土。

LOGO直接展現品牌形象，臺中搜救犬隊的標誌設計，本來只有狗狗的臉像，小隊長再為之加上幾面飄揚的青天白日滿地紅國旗，就這象徵性意義的添加，將一張標誌設計，從視覺特色提升到核心價值的境地。

「心中有國旗，中犬，是忠犬，」也喚起人們看見國旗，小隊長這樣詮釋，然後，他問我：「你還會唱國旗歌嗎？」

5・一笑

還是要問，一場場重大災難實境親臨的感受。臺灣近十年來就有南港空難、臺南維冠、花蓮統帥……。

人類有長程記憶，小隊長說每一次救災的生死現場，都讓他對生命的觀照修正、轉換、體會越發深切。他視無常為平常，災難瞬息萬變讓你無法準備，你只有拚命每天都在做最極致的準備。「沒人會等你準備好。」他說。

對談中，好幾次聽小隊長用了「深奧」這個詞。實際操作面都比看得見的表面深細精微曲折艱辛得多，我想，他指的不只是犬隊，應該包含了生命本身。

小隊長歡迎這樣的年輕人參加搜救犬隊：「面對生命懂得珍惜，具有高耐心，和強度的愛心。」

臨別前我對他說：「我下輩子要當消防員，小隊長你呢？」

小隊長只一笑。

水裡來火裡去，消防員工作是別人逃離的地方，你進去，用你的生命去換別人的生命，一點都不適合拿來作英雄夢，那一笑，是在說這些嗎？或者，一個深度明白命懸一線，忠貞貫徹救難信念的人，常會用一笑在說：「你哪能真正明白？」

搜救犬就是夥伴。

4. 悲傷完全守則

1.

二個持站票的年輕人，全車廂巡走，想找一個比較能舒服席地坐下的空間，車上每個能塞人的角落都坐滿人。後來，其中一位寫下這樣一段文字：

5號車廂，走道周圍坐滿了人……
6號車廂依然是人擠人……
7號車廂，唉怎麼越來越多人……
8號車廂，看起來車頭好多人喔，我們掉頭吧……

二〇二一年四月二日，他們在臺鐵四〇八次太魯閣號上。

車上滿滿的都是人。連假、清明、春日、花東，返鄉的回家的祭祖的度假的親山親海的，還有夢的還在規劃明天的跳起來才搆得到長大的，出門被叮嚀早點回來的，好多人。

2・

尋常的一個三月午后。季風起，街邊棕櫚葉黑影投地，冬陽下髮散如鬼。我隔著落地窗看向街心，眼底是商家與大樓，民生與紅塵，金色陽光遍布朗朗乾坤，光天化日下，十字路口車與行人往來零星。我感到一種非常而完全的悲傷。

因為我手邊這本書，或者更多。

翻開的書倒扣在桌上，那一頁在說人們只記得鬼電影中厲鬼的猙獰恐怖，忘了每隻鬼背後都有一則悲傷的故事。

這本書因睜眼看透而令人沉重，直搗翻攪很深很掩藏很不容於我平凡日常的那個我。作者和我都沒有現實生活沉重悲傷的具體理由，他更甚於我，他還擁有秀傑成功的達人光環。書中，對明的暗的人對人的傷害，他不避開眼的深剮痛挖，而我掂過自己，平庸的眾人而已，微弱呼喊著凡折磨傷害著人的，無論大小，都是邪惡。風中酸著眸子，微弱呼喊而已。

就那天，我隔窗彷彿看見滿街擁擠的鬼，陽光下透明輕飄安靜緩慢，垂肩微俯首，不停止的滋生溢出彼此直身穿越，有的低空飄。不存在的存在，拉帶出存在過的不存在，我眼底的街開始緩慢流動成一條眾多人形的透明的安靜的無聲息的河，天地湮漫起滿滿的悲傷的故事。

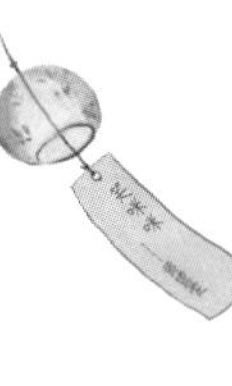

3.

我善於轉化悲傷，自動會在受困中找意義，但我終是個無可如何的人，有限散發，不作聯結，只合非常認真去做自己能做的事，除此無他，但，我懂悲傷。

雖然懂了也無可如何只是懂了，但悲傷這種東西千萬別輕易端出來，以免會要驚擾生活，生活要的是平安明亮，穩妥順暢，簡單善意的明亮黃最好，不然就不相侵擾的乾淨灰。

我常看見那中年婦人在街上，前揹帶外加小被罩護著嬰兒，以便垂臉對視嬰兒的微微凸腹仰身，含著笑意迎面走來，幾次後我才發現，婦人懷中寶愛著的，是一隻大型毛絨布小熊。

婦人含笑的無限溫柔，翼翼呵護的小微仰角度，我一直的悲傷。

夜裡亮著的公車亭，老婦人攔著一把直黑傘等車，公車去來幾趟，候車人三三兩兩，每一位都站遠一點，車門開迅閃進車廂。那老婦人是壞掉了的人。

跳躍破碎的語言，對街心大聲咒罵不停，聲嘶力竭不休，兒子、媳婦、小姑、妯娌、已不在世的丈夫、公婆……，應該死好、在生檢角死卡好、路旁屍、死無人抬、夭壽替人死、沒見沒肖、去死去死去死……。她一生堆疊毫無出口的怨毒，終於潰堤成瘋。

明亮的公車亭，比暗黑更暗黑的詛咒，我一直的悲傷。

有故事的厲鬼，被崩壞的人，一則則悲傷的故事，那麼看來無恙的人有沒有悲傷？悲傷不必端出來只要能懂，把日子過得好好的人如我，終是能在透明不透明的形體，破碎程度不同的心，際遇順順逆逆的因應中，體會人生無非辛苦與痛苦，我用我無可如何的懂，對待人事，於是要輕手一些，要輕腳一些。

4.

悲傷這東西真是太細微奧祕，它纏繞蹭鑽的方法，實在個人化且宜文字。

那本書的作者和我，氣魄有別，書寫視角卻是一致的，有一種看待生命的視角是低低低低，低到一條線是泥土了，仰頭看，正好是對生命虔敬的謙卑與憐憫。

臺鐵四〇八次太魯閣號上那年輕人，還這樣寫著：

> **那是一種很奇怪的感覺，明明一小時前你才看到那麼多期待出遊的臉龐，一陣陣歡笑聲，一小時後，怎麼變成了這麼的愁眉苦臉，這麼的不知所措……**

一陣陣歡笑聲，我的悲傷。

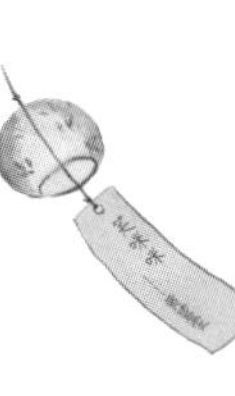

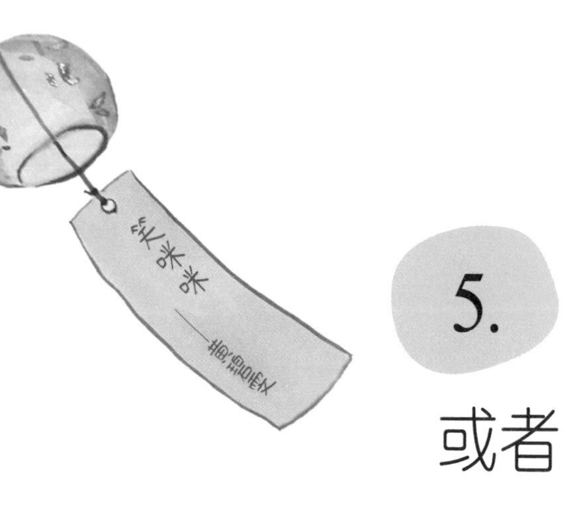

5. 或者

或者是能力，或者就是害怕，常看見自己不過就是個「仁而不恤」的人，懂得別人的痛，但未必能真正為別人做什麼，我的惻隱沒勝過我的害怕。

天災。愁苦的臉。人禍。拉長的哀嚎。戰火。瘡痍。黎民。大海邊一具俯身的童軀。四個來不及撤離火場的消防員。累累水泥塊蚓曲鋼筋下一隻蒼白的手。更多，更遠，更無盡。

很多畫面都難遺忘，但我只在自己的日子裡。

這幾年，我每星期五從臺中去臺北看我弟，那是一段必須仰仗背誦心經有如數數，才能勇敢跨出步伐的路程，我弟病了，清醒的片刻，從小木訥的他破破碎碎說過二次：「姊，你其實不必每星期來看我。」不知埋藏多少痛苦的今生記憶一如龐貝不可逆覆滅於千年厚灰，然後，我弟病得越來越荒涼空蕪，在那次我垂首流淚對他說：「弟，對不起，姊無法照顧你。」之後四個月，我弟去世了，我一直記不起說這話的時候，我弟時間失速空間迷走的眼底是全然失望，還是一派諒解。

也或者，人真的會面對一點辦法都沒有的時候，在衣食不缺的日子裡精神上孤絕的坐困愁城，那徹底無望的繞室終日一籌莫展，人竟至如此渺小而有限啊，在命運的面前，這我一直是深知的，只是當我說有情意還得有實力的時候，我有怎樣的誠實由衷就有怎樣的心虛不安。

就因為是這樣吧，越知道弱，就更明白強。很多年前看過一部電影，那時我對人物與情節無特別印象，十多年後的今天，劇中人物無名、殘劍、飛雪、長空、秦王，以及他們鎖鍊般牽連的命運，隨我生之旅次的迢遞行腳，一步步越走骨血越鮮明，我在其中體會更深刻的人存在的意義。那部電影叫《英雄》。

完成一樁艱鉅使命，或者過程中一些彼此的成全，他們都不任意踐踏別人的一滴血，必要的話就讓自己成為獻奠的祭血，最後，全部犧牲以成就他們一心想行刺的敵人——秦王，因為唯有秦王才能息止戰爭一統天下，結束生靈塗炭殺戮慘烈的戰國亂世。誰能讓天下和平，就是英雄。

一九三八年二戰前夕，倫敦股票交易員溫頓（Nicholas Windon），在前往瑞士滑雪途中經過捷克，遇見一批被納粹扣留的猶太小孩，溫頓要解救這些小孩，這是艱鉅又高危險的工作，他動用了各種關係，用八列火車救出這六百九十九位兒童。

直到一九八八年，有一天溫頓太太整理閣樓，發現一份清單，上面是當年被救出的小孩的資料和收養他們的英國家庭等細節，這樁義舉才被知道。英國BBC電視臺為

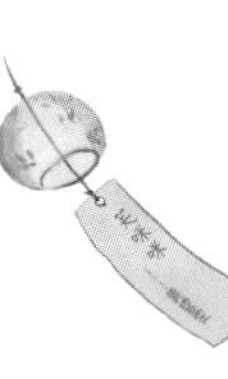

溫頓做了節目，請他「簡單談談往事」，節目中途告知坐在他旁邊的女士，就是當年被他救出的小孩，節目結束之前，主持人問：「現場有誰當年也被溫頓所救的，請站起來。」坐在溫頓旁邊及後面幾排的中年人刷刷刷的全站起來，滿頭白髮的溫頓緩緩起身，回首，輕輕拭淚，回望這些當年被抱上車的小孩。後來，更多「溫頓的小孩」來團聚，他們告訴溫頓：「謝謝你，給了我們生命。」

六百九十九與戰國蒼生，天下和平與給眼前受難的人援助，給別人生命或者一些幫助，格局大小為數多少但這有差別嗎？所有你眼中的我，我眼中的你，我們共同的名字，就叫做眾生，而英雄是什麼？英雄心事無古今，神物風雲各有時，英雄自有古今不變的通質，但成就的方式是一種融通與應機——在決定性關頭，做了為眼前眾生利益所需做的事，就是英雄。

平民多英雄。八八風災後，甲仙國小拔河隊，與對手拔河，與山洪大水拔河，與多災的命運拔河，拔出大人們的志氣，拔出全村跌倒了立即站起來的勇氣。讀懂小孩眼中「我知道你不會再來」的眼神，那年輕人篤定了終生在偏鄉任教的決心。校車意外起火，一次一次衝回車內抱出學童的女司機……。

做了為眼前眾生利益所需做的事，眼前，就是一個天下。

或者，我沒能多做什麼，但我在平淡日常中日復一日定靜前行，如果我不忍人受痛，那就保持心的恆溫，總有一天溫度會生出亮光，如果我只有一枝筆，那就去綻發只有一枝筆的自信。在夏末，我來得及對虛空呼喚我弟隨我參與梁皇法會，經誦間一直感覺我弟在側，好奇打量他生前無緣一見的壇場，微微笑著對我點頭。

秋天，適合散步，安靜與思考的季節，我內心一番關於強弱的梳理，讓憂煩的渣滓逐漸沉澱，琥珀秋光如許澄澈透明，情意與實力不再擺盪失衡，我的心念溫和執中。

溫頓始終淡然，他說：「有的人天生偉大，有的人追求偉大，有的人硬被人說偉大。」當年，猶太人尚可只要有外國簽證，便可放棄所有財產離開的時期，中國駐奧地利總領事何鳳山，是最早也發最多簽證給猶太人的領事，他也不提此事，後來，何鳳山的女兒受訪，說已世的父親認為，對人的厄運感到同情，是很自然的事，而「做是很自然的事，何須去提起？」

做你能作的利生益世的事，自然如同呼吸，我只在自己的日子裡，我並不強大，但穩健堅定。

6. 究竟

二戰期間，十二月下雪的寒冷冬天，波蘭小鄉村的一間木屋，響起一陣敲門聲。老太太開了門，門前站著一隊德國兵，幾乎凍僵的他們請求進屋。老太太請他們進來，為他們添上柴木，烤暖爐火，煮湯作食。

這時候，又響起一陣敲門聲，德國兵警覺的直起身子，老太太開門，門口站著一隊疲憊受凍的美國士兵，德國兵立即端槍瞄準，美國兵也警覺拿起武器，雙方剎時對峙，空氣比冰雪還僵冷。

這時老太太命令雙方都放下手中武器，她說：「今晚是聖誕夜，就讓今晚沒有武器、沒有敵人、沒有戰爭，在我的小屋裡，今晚就只是個平安夜。」

美國士兵進屋了，老太太再一次為他們添

上柴木，烤暖爐火，煮湯作食，雙方本來壁壘分明，漸漸的，溫暖的燈火、食物讓大家卸下心防，他們開始用有限的語言聊天，他們之中共有幾名農夫、幾個工匠、鐵匠、工廠工人，有二個教師、還有一位醫生。聊天內容開始談起作物、木材、戰前、他們的工作、家庭、父母、妻子與兒女，爐火始終紅著沒冷卻，一屋的暖烘與融洽。

隔天清晨，雪停，他們分別對老太太致意後，整裝端起步槍，美國士兵先走出小木屋，再輪到德國士兵，他們分頭在雪地上踏出岔開的二條腳印，各自朝向自己的陣地走去。

◆

幾十年前讀過的小故事，似乎寫作演講從沒引用過，連那本書也不見蹤影了，但它就是放在我記憶的固定位置，從未移動，像扉頁上一枚固著的薄黃。

這些年，我頻頻回首看它，在該果斷時決絕，在該斂收時低調我都毫不遲疑，最是難在細膩的抉擇與取捨，這時刻，它的亮度就不斷在加強，從那一抹堅定的薄黃，漸漸成為一汪瑩瑩如海的淡金。

他們各自朝向自己的陣地走去，也許下一刻，在激烈的戰場上，他們彼此廝殺，也

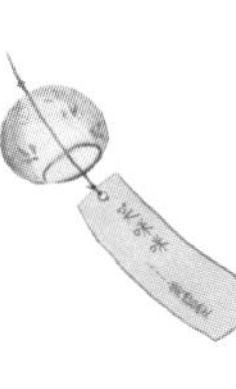

許準星瞄準對方，扣下板機。他們是戰士，服從命令，為自己的國家在拚命殺敵，而戰場不就是一個想活下去的人在殺另一個人想活下去的人，在他們戰士角色的背後，拉長更大的時空觀看，他們是農夫、工匠、鐵匠、工人，教師、醫生，時空繼續拉大，他們更長更久的角色是父親、兄弟、丈夫、兒子。

世間角色有短暫，有長久，有平時，有特殊，彼此套套疊疊，人在其中隨物應機有司有職，但那始終最長、最久、最高高聳立、最屹立不搖的角色叫做，人。在小屋內，德國士兵、美國士兵，曾有一刻他們心中沒有敵軍，只有寒夜相逢，彼此取暖的一群人。

總有一個東西，高聳屹立在所有角色事物的背後，不變，不移，它稱做終極，它叫核心，我想，它就是究竟。

人行為背後的理由深不可測，太多事教會我表面的不可靠，世事常存感性理性調配成分的比例，我在取捨行止間，開始凝注玩味起根柢究竟。

於是在面對要不要、該不該、要到什麼程度、該做到幾分的猶豫拉扯間，我也會低眉審視，讓那一汪淡金擴大、散逸、聚攏、包覆我。我就會縮手、噤口、留白、轉身或走開。不傷害人，才是究竟。

愛因斯坦一直是反對戰爭、求取和平的人，當他得知德國可能製造原子彈，便寫信給美國羅斯福總統，建議製造原子彈，後來長崎、廣島投下兩顆原子彈造成空前浩劫，愛因斯坦雖未參與原子彈的製造，仍為生靈塗炭哀痛自責，從此更致力世界和平的推動，終生不渝。

戰爭無可避免，和平才是究竟。殺敵無可避免，人性才是究竟。享受世間美好，明白這是有福，不過度沾黏、戀棧尚能一過不留，才是究竟。積極入世是合理的，有所依止才是究竟。聰明、才華、致力成功、迅速致富、光耀門楣、快速翻轉，都是好事，只是不究竟，誠信、善良、孝順、負責才是究竟。

無常是究竟，因緣是究竟，不顛倒夢想是究竟，現象界生生滅滅，生命的本質何曾增減，天地清朗簡單的冬夜，菩提樹下，夜睹東方那顆燦亮明星的一剎，覺悟，宇宙人生的真理，徹底極盡，是究竟。

這樣一則新聞於焉映入我心底：

兒子會發簡訊給她，通常只是簡短的一句我愛你，知道兒子拒絕透露任何訊息，她也只能回傳一顆愛心，表達對兒子的關心。這位母親叫薩利哈，她的兒子薩布里，在十九歲時離家加入ISIS恐怖激進組織，成為聖戰士，她一直不明白兒子為什麼會做這樣的選擇，她是一位平凡的母親，而「薩布里跟弟妹相處愉快，感情也很好。他平常也喜歡打籃球，在這裡有那麼多愛他的朋友。」她一直沒能等到兒子回家，薩布里戰死異鄉。

為什麼她兒子甘願放棄家中的一切，奮不顧身地投入聖戰？

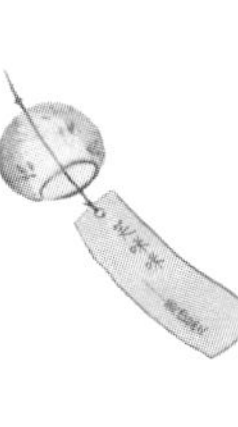

薩利哈一直沒有找到答案，但她相信恨的反面是愛。二年前，她聚集了一群媽媽，在巴黎召開她第一次的「家庭反恐主義高峰會」，目的很簡單，就是希望恢復家庭原先應有的功能。比如教母親如何傾聽、如何跟小孩溝通，特別是東方人不擅長的心靈對話。鞏固家庭關係，教好自己孩子，用愛給孩子安全感，使家庭沒有罅隙，「好讓他們不認為自己生下來就只能當恐怖分子」薩利哈說。

還有比這更如實、更不變，更徹底極盡的嗎？愛，是究竟。

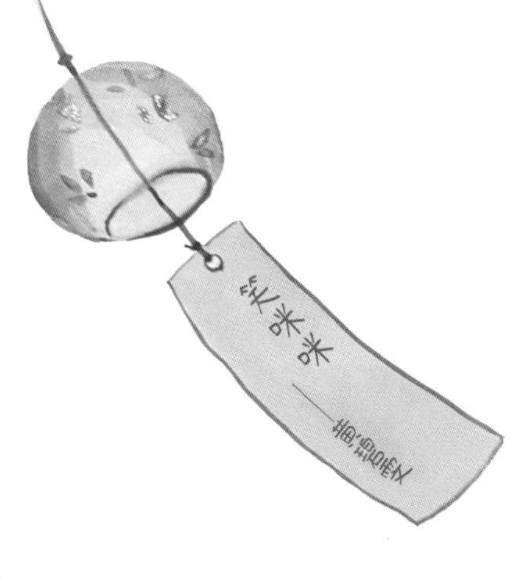

7. 不二小記

佛光山不二門邊文教廣場，被工程圍籬圈隔著。建築是地面上的音樂，工事完畢，那兒就會有嶄新的重構小樂章，但我每一行經，一定想起那年夏天。

高雄的太陽實在太熱情了，你們有賣傘嗎？我走進文教廣場，拭滿臉的大汗，我問。

「有——」店員年輕有禮。

「我不知道高雄這麼熱，沒帶傘，家裡有很多把呢——」我繼續說。

生活中，我的傘一百元的有之，7-11的有之，折的，直的，雨天買傘，晴天掉傘，掉了再買……，特地在這兒再買一支，有必要嗎？可是，我要從後山走坡路到佛陀紀念館且來回不只一趟，南臺灣那樣赤豔的太陽下……。

然後，我只是遲疑一下而已。

「那，我們的功德傘借給你好了？」店員這樣對我說。

她請義工從後間拿出一把傘遞給我。

蛤，有人生意這樣做？不賺你的，還成全你，解你的困擾，鬆你的心。

一把黑柄粉紫直傘，這一整天於是成佛大道盛開過，市集人潮浮沉過，禮敬大樓攲倚過，小品店棲止過，龍亭裡歇腳過，我的手臂勾掛過。

娉婷，擎高，順和，斂收。

第二天下山前，我才歸還。

一聲謝謝而已。那把傘卻在心底收藏得很久很深。

深到時光，歲月，地貌有無，任誰想帶走，都拿它一點辦法也沒有。

你有一百二十尺高？我仰頭問大佛城的阿彌陀佛，身側是雲天高屏溪。

「是的，你呢？」

我一六三——公分。聲音先揚起，後抑下。還是仰頭繼續說，那我得跳得很高很高才能觸碰到你，或者可以請你蹲下來一點嗎？

佛垂目微笑說：「都不必，你看我左手是垂下的，只要你心一靜，一定。」

頭，仍仰著，口微張，我聽見佛說：

「我接引你。」

◆

阿彌陀佛全身金黃色澤，面迎朝旭，俯瞰高屏，是佛光山的地標。

來在大佛城的，無不立在大佛跟前，仰頭，心中或口中輕嘆：「哇！好高大莊嚴啊。」

你身後有一座「接引大佛碑記」，靜默立在那兒，聽過萬千大佛前仰頭的心聲，它正在等你轉身，往前走幾步，它想與你接心對話。

這一九七三年興建的立佛，高度規格無疑是東南亞的屬一屬二，但碑記說，若以法身來看，這大佛小若芥子之於須彌。

就地取材，應機開示，從這兒碑記含笑在提點你，我們總以大小、多少、好壞、高低、有無二元對立，來看世間種種，這是太分明的世間實境，造成的分別心、差等觀，如果，二端不明顯甚且打破了混融了不二了，就可以另有視角，拉開鏡頭，透視環境，比如佛佛道同，在此禮敬一佛，無異禮敬無量諸佛，一為無量，無量為一，比如眾人無不讚嘆立佛高大，但大小是相對存在的，大中有更大，小中有更小，大是另一種小，小

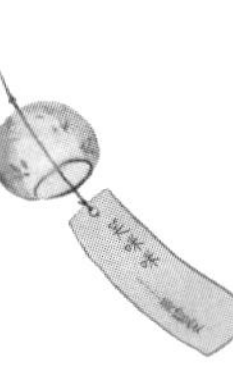

是另一種大。

是喔，所以有些人作風言談不斷強調自己大，我總認為這是小，本分盡責的小人物，我總看著他們的大。

碑記希望登此山的人，在接引大佛前，都能有此體會，然後，也不必多說什麼，在此無言心法的領悟中，「覿面相呈，失聲一笑」。

謹申斯義，以冥然契合星雲大師的「不惜萬苦千辛塑造大佛」，這就是碑記幾十年來，平臺兀立，朝暾暮雲等你轉身向它走近的心意。此碑督造者誰？作記者誰？

佛光山開山宗長星雲敬謹督造
菩薩戒弟子湘潭張齡敬撰並書
六十四年歲次乙卯孟冬月

那四周圍繞的四百八十尊小型金身阿彌陀佛塑像，你說每次數都兜不攏！你就別再數了吧，祂們是1，是百，是佛，是你。

◆

龍亭小憩，喝好幾杯熱茶，無論夏冬，我每來必如是，無一次例外。

聽說那年，闃黑山頭暗樹影，幾部摩托車車燈一起齊聚照明，大夥合力半夜裡趕工完成了亭頂。

多少人記得篳路藍縷的事？龍亭就在大佛城下，亭裡日日供應著佛光茶，新春期間會多放了一桶決明子茶。一大片茂盛的竹林就貼在亭邊，像亭柱間掛起一幅拉簾綠布幔，立體身歷聲密匝匝鳥鳴聲，鎮日從竹葉深處傳來。

有一次，一位小平頭青壯男子，五體投地，三步一叩首，布履單衣從龍亭邊的陡坡行經，一種無反顧的決絕，好似生命誓必重新起頭，金身接引佛齊列在山坡兩邊靜靜諦看。這一趟，該會是這男子生命中重啟山林的篳路藍縷。

天籟鳥鳴聲盈耳，啜飲一杯熱茶，我看著他起俯走過。

感受著一次結束，就是一次開始。生命不以前世、今生、來世來區隔計量，以覺。

我問大佛城的永瑞法師：

「十年前，我初見你的時候，空氣中瀰漫玉蘭花香，那棵玉蘭花還在嗎？」

十多年前，有段日子，我丈夫病情穩定，我們一起去佛光山謝謝素昧平生的永瑞法

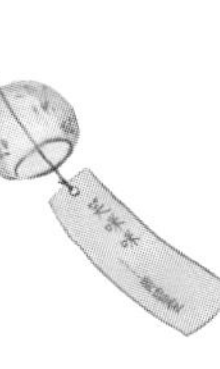

師。

法師聽我學生說過我，知悉我夫生病，就主動為他在大雄寶殿點上光明燈。後來法師隨眾稱我們「老師和師丈」。

初見的五月那個晚上，永瑞法師從朝山會館走出來，淡金月光浮在玉蘭花淡遠的幽香裡，僧衣飄逸。

如今師丈去世快滿十年了，回山，成為我迎接每一個新年的儀式。次次回山我一定下榻朝山會館，一定去大佛城，一定見一下永瑞法師。

去年，我突然問起玉蘭花。佛光山有新建築，也有更方便信　遊客的種種規劃，我好像好久沒記起也沒注意玉蘭花了。

永瑞法師說：「還在啊，長好大了，是二棵喔。」

還在，是二棵，一直守在朝山會館前。

在沒有燈光的夜晚，這兒，月光會漾在花香裡。

8. 但卻不能說沒有

說有，分明太淡薄，卻絕不能說沒有。

讀到「往昔因緣難數清、難思議」這句話的時候，那時，我就曾深深思考過，於是開始認定：緣分深刻的或許會繼續，其餘的，只是消失。只是，那一定會消失的，在錯開之前，也自有微芒細粒的擦邊。

1.

清心福全老闆娘是礙於見面三分情才貼那張海報的。

作家特展很文青的大海報我手邊有好幾張，我是要如何處理？張貼，沒去處，直接丟掉，上面又偏有讓自己手軟的三個字：「石德華」。

就送去我生活圈這條街上，我平日常光顧的那些店家吧。

我送去清心福全飲料店，店員收下海報說要問老闆娘。三、四天後還沒見貼，逮一個老闆娘剛好在店的時機，我問。

「是誰收的都沒說！」老闆娘當下凌厲眼光一掃，斥責旁邊那幾個你看我我看你的工讀生，無論是不是戲，這都一定要演的啦，我這大嬸級VIP，幾乎一天一杯去糖全去冰冬瓜檸檬，有時加珍珠，有時一次買三杯。

海報拿來了，老闆娘一看問：「啊這是什麼啦？」

我說：「沒啦沒啦，我啦。」

沒多看一眼也沒多問，老闆娘只說：「啊！要貼很上面喔，下面都貼滿了。」

沒關係！騎樓大柱子上貼的海報，我看了一、二年了，健身房的、神韻表演的、盂蘭盆節法會的，柱子後隔壁店的大店招是海鮮粥，騎樓有幾排鐵桿吊掛著的白布單，右邊店家是洗衣店。

老闆娘劍及履及真的貼了，我隔天去買飲料就看到，貼很高，下面黏膠貼不夠，海報尾微掀著。

人家老闆娘天天煮冬瓜、榨檸檬、攪粉圓、手搖飲外兼賣茶葉蛋，暑假期間工讀生還得多請二個，不就是一個利利索索本分的生意人？當她不必知道那是什麼的「臺中典藏作家特展」文青海報高高貼在她家柱子上的一剎那，美村路上一向紅塵浮騰日明夜璨，她和我，你說，全沒因緣？

2・

他實在太像我。

常是我到，他已經在，我離開，他還沒走，桌上只有一杯大杯飲料。角落座，近電源，桌上課本、講義、筆電、手機、筆袋，很青出於藍的是，他中午明明出去吃中飯，桌上原封不動，背包也放在椅上，二小時後才回來，那座位仍是他的。

有時他看的是國文，有時是生物，無論課本或講義，上面黃的劃底線、紅的修正、藍的記筆記，我確定他是個高中生，高瘦個子，長相氣質中上，可當偶像劇男二，很能專注的，很升學導向的高中生。果然，有一次我剛好瞄到他講義上印著一所臺中名高校雲端列印的字樣。

就一整個暑假，我和他常常比鄰而坐，各自低頭，安靜而忙，即便七級以上地震，我想，我和他都會是那種抬起頭，想一想，慢條斯理關電腦，揹背包才走出去的人，連對望彼此都不必。

有時店裡人多嘈雜，我和他的這個角落，恆靜。有時店裡剛好沒人，這角落顯得很剛好。有時全店桌椅零亂，餐具回收區狼籍一片，我和他之間那插座，左右各一條電源線，右白左黑，各在全然不同的世界裡仍運作如儀，相近不相涉。

沒有舞步你進我退的問題，也絲毫不需留心彼此的存在，就像呼吸而已。他老占去

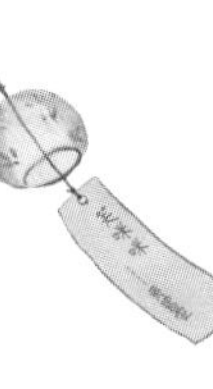

我愛的角落座我於是牽就著坐鄰座，也好像氣場全都調理整好了，一切純粹而天然。

走進同一家店，在同一個角落，共用一個插座，彼此，坐定就各自去成就自己的小宇宙，沒因緣嗎？

暑假一過，他就不再來了。

3．

那這樣呢？

突遇傾盆大雨，我狼狽倚在騎樓柱子望雨絲，白鋼索斜切，落地迸大水花，和地面成銳角。

那男生打傘走過，往回走，「需要不要，送你一下？」我一直望著的雨嘩啦啦。我頓一下，縮脖弓身鑽進他傘下。手臂腳面都有水濺的溼意，二人共撐一把傘，過街。

「就前面 7-11，我去買個傘。」

他也沒說什麼，送我進騎樓，我說謝謝，他就走遠了。

那這樣呢？

明地暗地傷了你的，誤了你的，冤了你的，損了你的，有交集的叫孽業惡緣，並不真正相識的又是叫什麼？很多年前，我丈夫被誤診肺結核，而被迫退出療效顯著腫瘤已縮小一半的標靶治療實驗團隊，那對著我們拿出臺中省立醫院各項證明正常的檢驗嗤之以鼻，大聲喝斥：「這種醫院的我們不會採信。」且不只一次警告我：「我再告訴你一次，你不用心存僥倖。」終於在幾個月後真相大白，只輕描淡寫一句：「你們可以回家過個好年了，正常，沒肺結核。」的北榮醫師，我們從此不相見甚且不相識，連他叫什麼名字我都忘了，只我丈夫幾經起伏轉折癌症終沒治癒而溘然辭世。

梁寒衣這樣寫明代高僧紫柏達觀。這高僧有俠的峻烈，直了直斷。明神宗萬曆三十一年冬天，因「妖書事件」入東廠十五天，遭摧殘凌遲，節節支解的酷刑。

寫完辭世偈，他選擇在第十七天，趺坐地上，連稱數聲「毘盧遮那佛」安然坐化而去。

淋大雨六日，屍身不壞，神色不改，隔年，京城大水，肉身儼然如生。坐化十二年後，肉身神色都不改。後來憨山和尚見紫柏屍身遭酷烈刑虐的傷口始終鮮熾，決定將他火化，留下無數舍利子。

我看紫柏達觀，酷刑慘烈至此，但他依然持攝肉身，從頭至尾，從生至死，不變。被辜負，受錯待，也不變。

他其中一首辭世偈是這樣：

一笑由來別有因
那知大塊不容塵

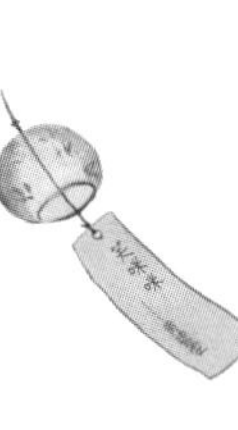

從茲收拾娘生足
鐵樅開花不待春

他在說，此生自有因緣，政治黑暗不容他存活，那就自己收拾起娘親所生的肉身，不必等待什麼天暖花開了。沒等劊子手揮刀結束他的生命，他坐化，他決定他自己，也決定，不為他人添惡業。

這劊子手和高僧，是何因緣？

9. 連延

1

「只有天真的人才看得到 Totoro」。

「天真是什麼？」

我開車送金小孫上幼兒園，這問題的回答真不是過四個紅綠燈口就能回答得令我自己能滿意，我只說，用大人沒忽略小孩，一向我們媽孫專屬的那種偏近童稚多一些的口吻說：「就像你一樣呀，愛爸ㄅㄚˋ、愛媽ㄇㄚˋ、愛阿媽，想吃不給你就哭、和哥哥搶玩具會打哥哥但很愛哥哥，也愛老師、愛同學……」金小孫當然沒聽懂，他才五歲。

他是我這些年清晨從床塌一躍而起的力量，我們在車裡說話、唱歌、經過松鼠佩佩牠家，一起數街上過目車子的種類，看橋下白鷺鷥今天有出來嗎是昨天那隻嗎？我常常要呼應一個小男生的吹牛小膨風。

定時定型的晨起相見，成為一種改變心靈的儀式，我的每一天都從愉悅開始翻頁。

車窗外公園的春明、夏麗、秋紅、冬清，我總呼喚他看，他也會唱著「白雲悠悠，藍天柔柔，青山綠水一片錦繡」一類應景的歌。日日，有車踅轉馳行於四季流轉且分明著的時間的途路，荏苒著不停不歇的天真與長大。

而人生中只要遇見一次龍貓就夠了。

2~~

我最近在備課的資料卡上也曾寫過這幾個字：

晨起一躍而起的力量。

要講授關於愛情的主題。我想讓學生們用寫實或虛構的筆法，寫下一段「我想，我是愛上了……」。

我從來就認為一直也沒改變過，現實生活中我所知道的任一樁愛情故事，都超越不了我們的上一代。我鼓勵學生，寫自己的朋友的父母祖父母的，或「我想」的。

小說當然要虛虛實實，金庸寫《天龍八部》的「無人不冤，有情皆孽」，書中人物個個掙扎浮沉於離奇曲折的生之苦難，我朋友說他看喬峰，常是頻頻掩卷不忍卒讀。但如果只寫一般人物的一般遭遇，如何能將所想表達的意念說到透徹究竟，讓人鐫刻到骨，一霎難忘？

「尤里西斯回到家，母親叫他把四點鐘該吃的藥拿過來。他的手一沾上這些瓶瓶罐罐，玻璃都變了顏色，只為了好玩他又去碰個水罐，水罐也變了顏色。母親邊吃藥邊看著他，確定不是病了叫自己產生了幻象。她用印地安語問尤里西斯：「只有戀愛才出這種事。她是誰？」

用看起來不合乎現實的狀況，充分表現了現實，是抓住永恆的新寫實。「只有戀愛才出這種事」，尤里西斯愛上了，沒人會懷疑。

虛與實，交互作為呈現真實的表現方法，歷史與神話，真實與夢幻，荒誕與現實，甚且本體與分身都可以。我的散文一向很實，關於愛情，這次，我告訴學生，可寫實可虛構，那，不然，你何不也試試「魔幻」？

～～～3

我做足了準備。

先是無意中從網路看到故事，再看了故事影片，便幾度三番向不同朋友轉述這故事，一再說等我等我，我一定會去寫這故事。

這種先宣告就是我必然會達成的起手式。人常是想做待作的事都等在身邊一堆，自己心裡有數，遲速快慢一定要做的那些，便用「大家都已知道」當做自我催促的壓力。

是臺中進化郵局的故事，作者說他妻子是郵局的資深志工。有個老婦人拿著已剪角的郵局帳戶簿本，堅持要領錢，她說兒子每天都匯一百元給她。局員請警察來處理，將婦人帶走了。隔天，那警察來郵局，拿了三千元給局員，說老婦人每天要來領一百元就

給她，那婦人的兒子已經不在了。如此過了好幾年。有一天，那警察來說要調職，無法再一個月拿三千元來。這是個只有幾個局員的郵局，他們每人分攤，一個月仍提供三千元，讓老婦人一天提領一百元。

先驅車去找北區進化路，我得親眼看到郵局就在那兒才放心。這是我的另類齋戒沐浴，其實很自作孽不可活的儀式感，然後蓄著很飽滿的身心狀態，二天後，我正式出發去採訪，半途喝個咖啡，在鄰近的咖啡館先撥個電話去表明。

局員的聲音很年輕有禮：「很抱歉，那個故事是虛構的。」

我將故事重述，對方完全沒打斷我，那很年輕有禮的聲音說：「志工大姐是真的，是她先生在網路 **PO** 的故事，但故事真的是虛構的。」

「我們局裡還有更資深的志工，說自她來這裡幾十年，從來沒看見發生這種事。」

對方還在說抱歉，我很有禮的回她沒關係的。

有關係嗎，這虛與實之間？人家孔子幾千年前就說了，「君子可逝也，不可陷也。」君子到了井邊不會沒剎車的跳下井，但聽到有人落井的第一時間，君子毫不考慮就會跑過去，這是天然的善的本性。你只能用合情合理的事欺騙到君子。

而這故事在網路不斷被轉寄分享點閱，我總能想像，像菌種一樣淤開的，是人柔軟的本性。

我被善良打動，虛實都合該身心飽滿的坐在一間咖啡館裡，沒事，喝杯香氣細膩的花神咖啡。

這城市秋天陽光總是金金亮，花神咖啡就是這樣，我湊嗅一下杯裡，高海拔咖啡，平靜明亮，有記憶點。

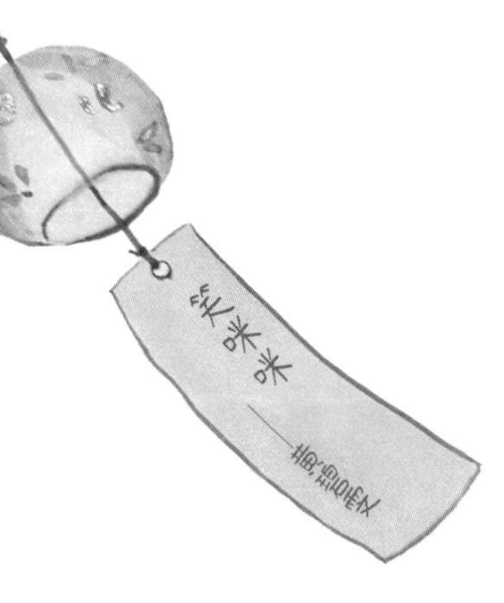

10. 星期三下午那堂課

春天過了，但那年，對臺中啟聰學校資處科一年二班而言，四月那堂星期三下午的〈溝通與學習〉課真令他們難忘。

投影片一打出那節課的題目〈另一種角度看死亡〉，頓時間全場吸睛。

「你們害怕死亡嗎？」施養涵老師用問題開場，「怕，因為會痛」，「不怕，因為那是必經的過程」，也有幾個人搖頭「不知道」，老師邀請思考、導引進入，並不給固定答案，然後，先用影片介紹癌末與安寧照護的實況與爭議再做解說。有些學生親眼看過親人的插管、電擊等急救，但所有學生都不知道這世上有一個處所叫「緩和病房」。

全班十一位學生聚精會神，眼神一遍一遍刷過驚訝，他們發現人竟然可以自己選擇走完最後生命旅途的方式，真正的勇敢不一定是拚命抵抗，勇敢有時來自明白自己要護衛什麼；生命無比尊嚴，每個人都有判斷與選擇的權利。施老師有過在安寧病房陪伴親人的經驗，她現身說法並且進一層帶出誰負責照顧與生活會有怎樣改變的議題，最後，老師以「那你們會有怎樣的選擇？」讓學生自由發表做為這節課的漂亮尾聲。

國際佛光會中華總會臺中西屯分會，每年五月都於浴佛節去到中榮安寧病房舉辦浴佛祈福等活動，養涵老師得知訊息，主動聯繫西屯分會認領了卡片製作的工作，她要為學生具體上一堂生命教育課。特殊教育常常會被圈限，她一直都想讓學生有不一樣的學習與看見。

那年的餐飲科三年五班也參與活動，因為三年五班鍾依婷導師是養涵老師的摯友，在養涵老師緩和病房陪伴至親那段日子，她體會得到好友無言的悲傷，便常常來到病房，靜靜陪在好友身邊，每一次都主動為主照顧者施媽媽按摩刮痧。

將感動化為具體行動，兩班共二十三名學生親手完成一百二十張溫馨的卡片，再一句一句敬慎抄上佛光語錄，四月二十八日這一天，卡片被送達中榮緩和病房一床床贈送，表達他們對生命勇士們最真摯的關懷與無上的敬意。

新知、學習、參與、思考、同情同理、選擇、關懷、表達、實踐與完成，課程的完整步驟，生命不一樣的啟發。

學生的成長與改變看得見。聽障學生比之一般學生，因較少被要求而欠缺主動的精神常習慣會說「不知道」，但這次的卡片製作，學生們空前主動認真，有人甚且犧牲午休時間在製作，卡片有的加泡綿、有的是立體，看得出來很「厚工」，有人跑來問老

師：「可以用黑色、紅色卡片嗎？」老師不直接給答案，只告訴他們用心去設想一下病患的心情，後來發現他們全都選擇粉紅、柔藍、嫩綠等明亮溫暖的色卡。

幾個星期後的星期三下午〈溝通與學習〉課，養涵老師與學生共看一張照片：工作人員俯身，將卡片與鮮花虔敬致送，病床邊的媽媽代替病榻上罹患血癌的兒子接受致贈，照片上出現白色病床的一隅，老師說：「這年輕的病患現在已經往生，他的年齡和你們差不多，你們的致意很及時，他有收到。」

這是校園不會接觸的主題，課本沒教的內容。

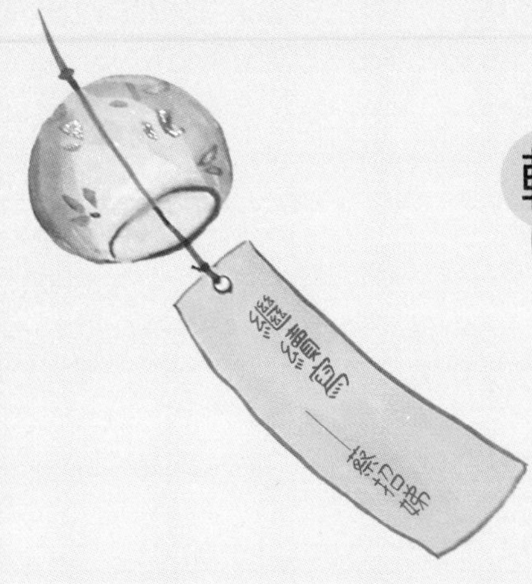

輯3 說好的不害怕。

真正的浪漫是，

每一天，

我們都會有迎面而來的新難題，或痛苦，

但無論如何，我們都能不退卻，

明白繼續前行的意義，並且堅定著自己的信守。

1. 一揖，深謝

1・深謝

二月五日午後，我來在佛光山萬壽園，對安厝在上華樓的朋友明芳說：「謝謝你，讓我今生有一位真心為我的朋友。」然後我上五樓，在一代優婆夷張清揚女士的墳前說：「謝謝你，讓我真正見識到沉實厚重的行道力量。」

當晚，住宿朝山會館，看到電視報導的即時新聞：佛光山星雲大師圓寂。

隔天，上午九點，在佛光山雲居樓，弔唁星雲大師，我頂禮叩首起身三拜，在心中一字一句說：「謝謝大師，在我生命最迷茫、最脆弱的時刻，有佛光當靠山。」

這樣時間空間的順勢銜接，感恩意念的純一連貫，於我恍若天諭神示。

2・朝山

疫的二〇二〇之前，我習慣元宵前回佛光本山小住兩天備蓄真氣能量。梵聲天上來，滿山繚繞，花燈沿山迤邐，遊人如織，這裡闔家出遊的多，小孩多、老者多、坐輪椅的多……，夜來，東風夜放花千樹，一輪圓月靜靜掛在高屏溪上寶藍的天心。

我是個非常需要太平感的人，好幾年了，我的一元復始，都是透過這樣的儀式來更新完成。疫，帶來改變，燈樹千光照，上元回本山，這幾年竟成了我的願。

願，是原本就放在腦海心中的一樁念與想，等你去完成或沒完成。它有大有小，有眼前有遠處，有滿遂有殘缺，而我想，我可能是這天地間只要負責做好自己的事，別人不會對我有任何要求的自由人，我的「願」，圓遂了當然欣慰踏實，沒實現橫豎也是個人心裡的念想，於這世界壓根不驚不動。

那一天，剛替陽臺植物澆了水，寒流剛過，天氣晴，我突然決定回佛光山。那一天，二月五日。

3．生滅

在「香花迎」窗邊坐了一下午，然後，背包放在側，書本筆記簿疊起來，趴在上頭睡個午覺吧，從萬壽園走下來後，不二門、靈山勝境廣場、華藏玄門、大雄寶殿禮拜，行經傳燈樓、雲居樓、踅轉登雲路，真感到有點睏乏了，剛吞了好幾個哈欠，……，窗外，鳳凰展翅的花燈正呈祥，大人走過小孩走過說著笑著拍照著，天斜斜藍著，陽光剛

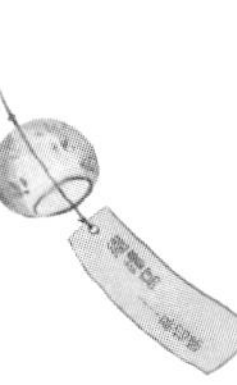

剛好催眠著，朦朧入睡前，菩提路遊行的鼓點聲一波一波湧在我夢的邊緣……。這兒，平安得讓人每個毛孔都放鬆。

向晚，回朝山會館途中，我回首，彩繪燈籠綿延掛滿的菩提路，多像被一疋閃爍的錦緞溫柔披覆，或者，那是天街最華美的一條彩河，行經的人，眼角噙起流動的明麗，都會感到被祝福，啊，我最愛的世間味。

而下一刻，我就看到電視上的即時新聞。

「生者皆有死，合會有別離」，生與死，就是隔了一個身體，死亡不是結束，他還會再受生，人生就是老病死生的循環，大師的開示叮嚀，我都言猶在耳，只是，這一場夢幻繁華與涅槃寂滅的平行演示，飆風倏忽就在眼前，令我站在螢光幕前，久久無法回神。

4．私淑艾

與高僧同在一世，是我莫大的榮幸。孟子分類弟子受教的方式，有如時雨化之，有成德，有達材，有答問，有私淑艾。我是星雲大師的私淑艾弟子，私下不斷掇取星雲大師的教誨來相應或修正自己的心性行為，大師有時是知己、有時是良師、有時是舟、有時是光。

有一件事，你懂，又喜歡，最好的就是這樣了，世間的榮華富貴算得了什麼。大師這句話無限上綱成為從來就很難界定的價值的定義，讓我心豁然清晰且篤定。

文學課，我總告訴學生因由運命際遇，人生原本就是一座傾斜的天平，運氣是多麼重要。這堂課以此論述加例證故事，講解夠明白的了，但，人生整體可以如是觀，我心中仍有惑疑，每一椿眼前當下因應的心情最該是如何？

忍耐，世間法總難以平衡。事業、學業、道業、功業，大小、高低、有無，看的標準各有不同，都與福德因緣有關。我一翻開書，就看見大師這樣說，不只現象，還觸及本質。

十二年前，我有一段天天誦讀手抄《心經》的日子，我疑問生死，懷著急切惶惑的深悲，一心要對生命討解，是大師《般若心經的生活觀》簡淨明白的循循善誘，才足以調和當年我那混亂失序的呼息。

二〇一三年中區禪淨密法會在臺中市圓滿戶外劇場舉行，我在後臺與大師不期相遇，蹲在輪椅旁微仰頭，我對大師說：「大師，我們有個共同朋友，叫石素香。」大師呵呵呵笑了起來：「對——，素香麵」朋友們都說，蛤，這麼難得親近大師你只說這個？你們不懂啦，心懷渡眾願，平安照五洲的大襟懷，包裹著的永遠都是隨緣自在的真性情。

這些年朋友們難免這病那痛的，私淑艾弟子一個個冒出來了，有人開始用「以病為友」互勉，「我沒有痛苦，我沒有生病，我只是有點不方便」老是成為不同聚會裡的金

句，對葉的秋凋到冬盡生命的不可逆，有能比這樣的說法更正向創意的嗎？

「我還可以為你做什麼？」大師總是這樣說。我在心中相應過無數次了：「大師，這，我真的做不到，但我不會忘。」

5・送行

「對於人間的最後，我沒有舍利子，各種繁文縟節一概全免，只要寫上簡單幾個字，或是有心對我懷念者，可以唱頌『人間音緣』的佛曲。」

二〇二三年二月十三日上午，大師，我要向你報告，像十年前蹲在你跟前，微仰頭對你那樣說話：「大師，你圓寂真身坐塔的時刻，我就在本山，與你近在咫尺，恍若相送。大師，今天我又回山了，幾萬弟子齊聲佛曲讚誦聲中，有我。」

「今海眾雲集，荼毘一句」十三日下午二時許，於臺南大仙寺，上萬信眾一路相陪，合掌長跪目送大師荼毘火化。

大師長眠萬壽園。時時奉行佛教，就是對你最好的懷念。我謹記。

來生，大師還要乘願來當和尚，我不知也不論以何色相行於世，但願逢遇那一剎，山川、日月、我城、他域，都請容我便放下一切，溯時光記憶一意趨身迎向，站定，斂袖，合十，躬身對和尚深深一揖，道聲：「謝謝。」

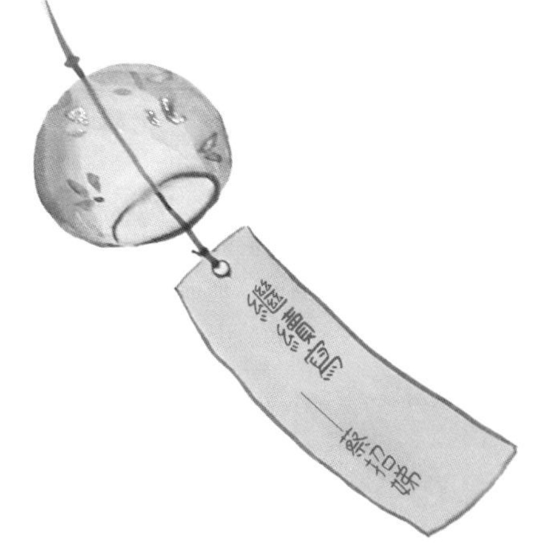

2.

單音拉尾，微揚

「這個朋友一定很特別，不然你不會為他的得獎專程上臺北。」我走出吳三連獎頒獎典禮，和臺北朋友餐聚。我說是的，一聽我說出名字，有人脫口就驚呼：「啊——，是他！我上過他的課——。」

以小可以喻大了，這一問一答間，一個文學界頂尖知名大咖兼名師，就這樣被端了出來，而迢路，專程，獨為，一個你願意為之打破日常的人，當然，不二說，他必是我心中特別的人。

蕭蕭，疊字、複詞、重言，完全具象他在文界、詩壇、學術領域那種累加大量的分量。但我始終喚他「蕭～」，單音拉尾，當紅行銷學都說故事才能打動人心，但我實在編不出什麼特殊緣由，我一出口就是。

得要用後設的手法、回首的角度看這一路的他和我之間，也許故事才編得下去，說這「一出口就是」不就是一則預言隱喻：

蕭～，一音到底，不費力、不換氣，隨口而尋常，微揚尾，勻平而長。

我進文壇的得獎作品〈開麥拉，春〉，他是三位評審之一，我的散文著作《很溫柔的一些事》，他為我作序，他是松柏嶺受天宮北極玄天上帝跟前長大的社頭囝仔，去到天涯海角了心都繫牽在彰化，當時他北居經年，我住在彰化，因由文學與對新進的期勉，他代序的題目就名為：我留在彰化的妹妹。

後來，我們雖沒更多交集互動，但在可以提攜推介的每一時刻，他都沒忘記我的名字：年度選文、文學營講師、教科書編寫……，他從沒提我也從沒謝，我們沒更親近也從不覺得會疏遠，然後，夾角越來越開，人生就各自曲折而去，他有他的繁花他的殿堂，我有我的星月我的巷陌，或者可以說，我們有自己的銀河航道，浩瀚宇宙無邊天際，各以不輟的文字創作一如頻率穩定的星系訊號，當作互道平安的無線電波。

際遇對我有造就力量，而最重要的是肉眼看不到的，比看得見的現實所謂困境更難調伏的，是一顆處困的心靈，內心經歷過的那些什麼，才讓我真正有所不同。如果此際我淡素無波，必是因我曾經心念雜蕪湧動不安。

這些年蕭蕭寫茶禪詩，於人生有一種靜和的寬待與理解，讓我每一翻閱，是一棵寂寞蒼樹被銀白月光輕籠睇視的無聲療慰。歲月深深的他，光環高度被親和微笑揉融調節，走出一身令人即之也溫的嚴與慈的均衡。均衡，這似乎不只是他本人以及與他相處的人的安然自在感，詩人蘇紹連評詩，也說「蕭蕭的詩作有一個突出的特色是交融平衡」，生活態度造就與詩語言，詩與人一致才能如此。

「我用食指靜靜抹除　那不再懸浮的微塵　鏡子依然明亮昨日的明亮　不曾記憶一群微塵　懸浮的樣子」他的詩是這樣寫的，而我是因由自己，更懂得過程與漸進的才是主體，生命不是形容詞、名詞，是進行不休的動詞，所以，禪，之前是茶，禪茶，之前是俗世，是紅塵；悟，之前是不悟；均衡，之前是懸浮；鏡子明亮，之前是一根伸出的食指。

這詩人，給身邊所有人安然自在感，或者是因為，他擅長鬆綁沉得很低很密的壓力，有本事稀釋去所有緊縮的空氣，「風飛沙的現場是生命的道場」，他說，人人冒險擔苦也都得往前行，甚且「背對著風，倒退著走，才能前進，且退且進，是退是進，也要往前行」。眾生皆是風霜勇者，他不捨加重，存心疼憐，他看全局不看局部片段，他懂人生。

我因二〇一一年一場生命中的重大失去而沉寂許久，有一天突然接到蕭蕭妻子的電話，她說旅行到國外買的一件睡衣太大了，想來朋友中只有我的個頭才合穿……。我於是走出家門，去到明道大學，一樣的，他沒多問我也沒多說，主人邀雲天湖樹一起款客，我靜靜領受著世間一種不著痕、不言說的美好善意。一直到現在，十年了，一到冬天，我仍還會穿上那套純棉的皮爾卡登睡衣。微微笑著就收攝了吃力的眉角，不動聲色就遞出落落長的話語也可能說不妥當的那些安慰，這一向不就是蕭～的風格？

剛動完心臟大手術出院不久，他親參吳三連獎頒獎典禮，穿著鐵衣挺身直腰走上

臺，致詞的時候，他身體的右半邊及拿稿子的手是抖的，但他不遲、不疑，一字一字稍有吃力卻清晰的在表達，這，我是知道的，剛從生死的交界緩步走來，他用活著最光耀的一刻，對今生所有可貴的相知相遇，以謝。

很難得的，他住院前我們多訊息了一些心底話，「這種年紀已經沒有人沒有語言可以安慰了。」他說，「老哥，一定要先承認很害怕。就讓害怕穿透全身。」我回。我叫他準時收看《女力報到》，介紹他看《四樓的天堂》，並且預告「明天十點《俗女養成記》完結篇。」

老哥，我第一次這樣稱他，無啥大事，就住住院，得得獎，出出書便是。是痛，但「凡短暫皆可忍耐」，然後，出院。過日子。

在所有美的盛的苦的痛的一切之前，他只是受天宮北極玄天上帝跟前長大的社頭囝仔。

動大刀前夕，他突然將《心靈低眉那一刻》散文初稿的電子檔，分別寄給他最得力的夥伴羅文玲及我，文玲問我：「你知道為什麼嗎？」我點點頭：「託孤。」

請勿以白帝城託孤的故事來比擬，諸葛孔明太有才幹，劉備還得「嗣子可輔，輔之，如不才，君可自取」的囉嗦了一點，我是趙雲，什麼話都不必，照往例你沒說我也沒問，託孤給趙雲是劉備不必託的當然。

出院。過日子。第一事，蕭蕭來臺中聚餐了陳憲仁、羅文玲及我。他指著自己和身側已切除膽囊的憲仁：「坐在這裡的，一個無膽，一個開心。」我們一起笑了起來。「你手還會抖嗎？」「會，小楷不能寫了。」「我小你們六歲，六年後就要抖了。」「又不是每個七十幾歲的都要抖。」……。

有些好茶，十二泡之後都還沖和潤口，色澤淡樸，像我們的情誼吧。我談著笑著看著他們，眼底星霧薄薄，我們相識三十餘年了……。

他們從三合院那頭走來，相偕要去隔壁庄作點什麼，經過茅舍牛牢，經過大芒果樹下，停下腳步，一起看向蹲在樹下撿落葉、排石頭的小女孩。這小女孩小他們幾歲，有時跟隨在他們身後一起去看戲，有時和他們在稻埕胡亂奔跑叫跳，並不愛哭愛綴路，有時完全不理人蹲在那裡歸下晡。要招她一起去嗎這次？他們彼此看一眼，喊了幾聲小女孩的名字，沒應，頭都沒抬，小女孩正在和挖到的蚯蚓說話……，「免管汰伊，咱來去——」他們走遠了，小女孩頭還是沒抬，她知道，他們回來的時候，會將摘來的水果分她幾粒，有時，會給她一把田間摘來的各色野花……。

3. 惜

1.

「我去看看你。」我 LINE 覺居法師。

雖然上一則 LINE 我說：「住持，我今天才知悉你母喪的消息。沒什麼話安慰得了你，你都知道的。還有生生世世呢！」住持任重事忙，我一向等閒不相擾，但居媽媽告別式後近一個月，我還是來在惠中寺。

約早上一杯咖啡的時間，我想聽她說說母親。

十多年前了，那時我為了父母手足家內事，哭在她面前問「為什麼」，她眼神溫和的看著我說：「我們每個人和父母之間，都有各自的因緣。」

無常觀、因緣觀平日我也並非不懂，但法師一句，我當下開解。

十多年後的今天，我還常在想，最後那段日子我陪在父母身邊，所以才能有機會蹲在地上幫父親繫鞋帶，才能有機會親手餵母親吃飯。

像信諾的背書，質地的保證，金字的令牌，每每我提起這段往事，常愛加一句：

「話，住持說的算。」

居媽媽困在小小病床上二年多，到插管，到氣切，到毫無意識，礙於既定的住院制度，家屬還必須疲於更換醫院，換成電影畫面，真像寶藍夜空下綿延一座黑了的山脈，有個黑剪影的病床，被人推著沿山奔跑，星星月月的流浪於各醫院之間。

所以，大家都安慰法師「請節哀」，但法師說，母親已解脫，是離苦得樂。

話，住持說的算。

2.

咖啡喝得慢，還不到半杯，居媽媽就漸漸褪退，好性情好人緣的蘇謝敏越來越鮮明了起來。

溫馴、順服、乖巧，不與人爭，舊式婦女的傳統美德像一襲柔細的軟綢，妥貼合度若無物的存在蘇謝敏身上，無一絲違和。法師說，小時候她只看過一次母親宣洩情緒的畫面，在廚房大灶前，母親將柴枝木屑，一一甩拋進灶口。就這樣?有委屈會心酸要壓抑，簡單也只有，這樣。

人若位置對，光彩自來現。搬出來在鄉間開了一爿雜貨店，我認為，開店實用手冊裡老闆娘該具備的條件，簡直是專為蘇謝敏量身打造。她聰明能幹、親切活潑、善於助人處人，小店兼賣早餐、水果，她還挑擔到附近工廠賣麵，若遇身家困難或孤苦的流浪

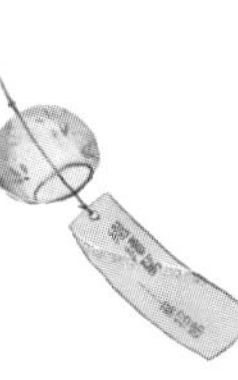

漢，她就主動奉上一碗熱騰騰的湯麵，如此樂善而好施，蘇謝敏以一個雜貨店、一碗湯麵、一片善良廣結了無價的人間善緣。

告別式上，蘇謝敏的媳婦就這樣說婆婆：「她如果參選里長，不用廣告車或插旗競選，鐵定當選。」

3・

那麼，好性情好人緣很會持家的蘇謝敏，究竟是怎樣面對全家人最是惜命命的么女，毫無預警拎著行李站在她面前告知要離家去臺北求學的？法師說當時母親只說：「你自己的決定，你就必須承擔。」

當然，蘇謝敏從沒想過，幾年後，她還會面對一場規模更大、級數更高的強力震撼。

那畢業後已在貿易公司當祕書，為了學好英文去到溫哥華佛光道場當義工的蘇家么女，一場因緣際會巧遇星雲大師，讓她立即從溫哥華回臺，直接進了佛光山佛學院，六天後就剃度出家。

是鄰居從電視上無意中看見覺居法師，才告知家人。父親氣得不准她再進家門，母親雖讓姊姊帶錢給她，卻不准姊姊說錢是誰給的。這是好性情蘇謝敏對女兒出家所表達的最大「不諒解」。

後來哥哥告訴法師，這段「不諒解」的日子裡，有一天雜貨店門前的公車站牌，來了一位出家人在等車，母親趕忙上前詢問：出家是都在做什麼？會辛苦嗎？需要煮飯嗎？需要劈柴嗎……？

母親跟著草屯分會過年上佛光山賞平安燈，當時仍是佛學院學生的覺居法師被派當導覽，一路為鄉親詳盡介紹三寶佛、大雄寶殿……，結果大家七嘴八舌對蘇謝敏說：「你怎麼會這麼厲害，生個女兒這麼棒。」一車的人都在替法師說項。

整個導覽過程，法師不敢用眼睛尋母親，萬一母親有慍色，法師會講不下去，母親若慈藹向她，她怕自己會心有期待，而她知道，沒來相認的母親，一定會不斷找角度，偷偷又深深打量好久不見，僧袍一襲，已出家的自己最疼愛的小女兒。

九二一大地震發生。在草屯禪淨中心任當家的覺居法師，零距離讓父母親看見佛光山的濟世能量，以及自己在緊急賑災行動中的指揮若定。出家是都在做什麼？不僅對女兒出家放下心，從此，蘇謝敏以好性情、好人緣、兼或有小店老闆娘的領導魅力，一心護持佛光山，推動鄉里鄰人親近佛法，她完全明白弘法之外，佛光山做的是文化、教育、慈善的永續事業。

幾年前，法師的外甥女想出家，姊夫著急得找丈母娘訴苦，丈母娘蘇謝敏對女婿說：「出家，出家很好呀！」法師的外甥女，後來是彰化福山寺的知緣法師。

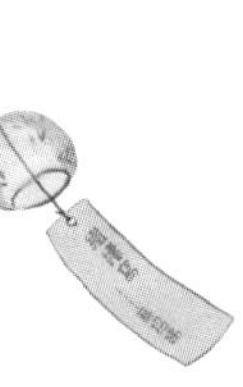

4.

端起咖啡，我不禁深深看一眼法師：「住持，原來你特有的對眾生的吸聚力，是來自母親的DNA。」

住持法師在道場解經說法利眾渡人，不住世間亦不離世間；好人緣的蘇謝敏，不離世間，妙用世間有為法，也在利眾與渡人，這一僧一俗，規格一大一小，名相不同，隱隱的卻仍是一脈相傳。

老來被孫子圍繞的時候，連年輕人都覺得阿媽很逗很萌，很想為她的日常拍小影片上傳呢！是這樣一個鮮活的人，散逸著令所有人都覺得舒服的亮度與暖度，晚年竟為病苦拖磨至此。生命真是一場讓人啞然問天的無可言說。

每一次母親被抽痰，住持都別頭轉身不忍看。病人的痛苦被無休止延長，生命失去意義，社會資源被消耗，更不用說家屬的殫精力竭。死亡明明是一條必走的路，但人們對這門課業的修習實在太過淺薄粗心。

愛，才讓我們看見病人的苦，而「愛的極致是放手」，書上的一句話正正打中住持的心。

醫師畢柳鶯陪八十三歲媽媽在家斷食善終過程所寫成的《斷食善終》一書，讓住持重新翻轉對生之尊嚴一帶相連至死之自主的全盤省思。她真嚮往畢醫師這趟送行過程中，媽媽的清醒、愉悅、坦然，以及家人充分的道別與道謝。

母親這次在臺中中山醫院住院，醫院的護理長林淑芬剛為爸爸完成斷食善終，住持於是向畢醫師、護理長請教許多操作上的細節以及心理上的調適，取得全家一致的共識，他們預備要讓母親解脫不再受苦。

惠中寺孝道月梁皇法會從七月二十九到八月七日一連十天，結束隔天收拾整理現場，有一種大事抵定過後的輕鬆平靜，下午三點，檢討會議進行間，住持接到電話，母親沒有呼吸了。

八月八日上午，人間衛視專訪畢醫師，在中山醫院拍攝人生最後一程的主題畫面，畢醫師在病榻前，用臺語對住持母親說她的子女媳婦很孝順，不忍心讓她再受苦，希望她早點去天上當神仙，而天上是很好的地方，那兒的人沒病沒痛，自由自在……，「你是菩薩，讓我們錄影起來作節目，可以讓更多人離苦得樂。」畢醫師開示後不多久，住持母親就往生了。

斷食善終是一段過程，從接受到實踐到完成，不純然是一條直線的絕決，最顧家最疼惜晚輩的蘇謝敏，她讓這件也許會使子女有一絲絲為難不捨的事，在還沒開始時就迅速結束。

日期，是盛大法會結束後，時間，是每天下午兒子媳婦固定到醫院的時段，好性情好人緣的蘇謝敏，她真是完全貫徹到底自己今生的人設。

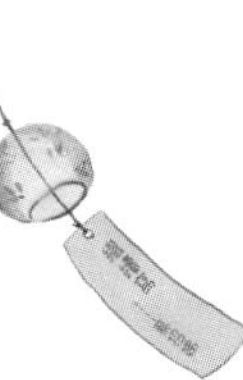

5.

無人不說她真有福報。

沒啼哭、不喧雜、不浮誇，只有說法經誦如儀有序，親見這般和諧莊嚴的祭奠佛事，恐怕是很多鄉親們的生平第一次，鄰居們圍過來問有缺什麼嗎？有誰還沒吃飯嗎？好性情好人緣的蘇謝敏，連最後一程都在對左右鄰居說法，媒體報導這是「人間佛教在生活中運行的光彩」，我還多一樁感覺，我認為，這是蘇謝敏再一次為大家示現什麼叫做最成功的敦親睦鄰。

6.

就是一杯咖啡的時間。上午十點多的陽光透窗，空了的咖啡杯盛滿淡金光澤，周遭盪起薄薄的感性。

法師哽咽了一下，說自己很早離家出家，幸有兄嫂事親至孝，陪在醫院裡無怨無尤。一人出家，全家護法，她能夠精進向上常懷大眾心，安心出家、安心說法，那是因為俗家就是她弘法的後盾。

我點點頭。

可是《孝經》說「毋貽父母隕越之羞」不給父母失職的羞恥，是為最高明的大孝。好性情好人緣蘇謝敏今生最愛聽的，住持，你知道是哪一句話嗎？她最愛聽且會帶到來生去的，是不同時空很多人異口同聲都對她說：

「你是怎麼生的，你怎麼這麼厲害，生個女兒這麼棒……。」

對俗家深深一揖，住持，一轉身，袍裾飄飄，你大步去行你法愛的菩薩道，親恩的惜愛，會在你身後落如花雨，馨芬漫天。

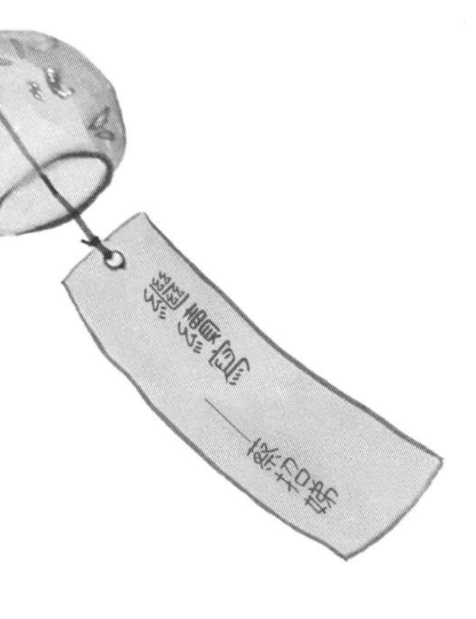

4. 浪漫雙魚

有一天晚上，我打電話給遠芬，說我正在看一本小說，書中男主角父親過世後三年，母親也過世，他說：「……遇上二次並不會讓悲傷整整變成兩倍。……雖然不是兩倍，但兩種悲傷混雜在一起，會變成一種更加複雜的心情。」

是這樣嗎？我問，遠芬說是呀，的確是一種更加複雜的心情。遠芬廿八歲父親過世，廿九歲母親過世。

二〇二一年三月八日，她丈夫也過世。

我知道，沒人再敢問是不是乘以三倍，但唏唏唆唆在那兒說那真是一種更複雜的心情，也很走鐘沒創意。且讓我用一樁實境來示現：

告別式後約莫一個月的有一天，我們和另一位朋友相聚，談的內容有一些真是要彼此帶進棺材裡的，然後，那朋友突然神情很言歸正傳，好似剛才的交心甚至約見本身，都只是虛招而已的肅容凝視遠芬：「其實我最想知道的是遠芬你……」

我側首看，遠芬平平的回答：「我有經驗，我失去

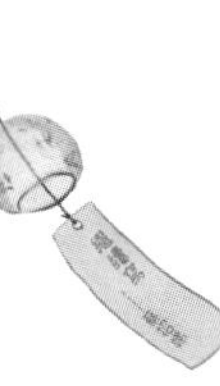

爸爸，失去媽媽。」

但，三月八日下午，她在臉書貼文「詩楷說，西方淨土風景極美，他先去寫生了。」我去電確認時，她在電話那頭泣不成聲。

就在她的泣不成聲與平平之間，你最好別拿自己的預期來下賭碼，也別打探她的強強弱弱、哭哭笑笑，我見到的純粹是；這你也許不全懂也不熟悉；生命再無所畏懼的只留豐沛且湛然的，對至愛一生的守護；什麼叫一生？生前，加死後。

這是遠芬身上獨有的，雙魚的浪漫。

我和遠芬是一杯清茶，一碟水果，夜晚十點之後深談的朋友，在這種一天將盡的沉澱時間，几上款客物件極簡的清淡空間，窗外只有夜色，你能掏出的只有身世，和心底。

事業上她由點到線到面到體，用真心紮實的在經營組織，驚險刺激的是她的婚姻。她公開說過自己婚姻在長期的風雨飄搖中，她和畫家丈夫曾詩楷，一個帶刀，一個握劍，同樣的火爆性格，讓他們的生活充滿刀光劍影，極度反差的價值觀，讓兩人一直都站在搖晃的天秤兩端。

然後，很雙魚聰慧的她，歲月中漸行漸悟，「原來稍微退一步那麼容易……，為對方釋出點善意，獲得的回報更多，原來一念之差，結局可以完全不同。」二〇一六年結婚十四週年那天，她在臉書 PO 這些文字，並且說：「竟也安全的度過兩個七年之癢，真該給自己來點掌聲，」結語是「**祝我們永浴愛河白頭偕老。**」

在她婚姻最壞滿是抱怨的時刻，我記得我曾對她說「可是我覺得你仍然很愛他」，當她不斷溫柔微調的磨合時期，我看過她的潮汐退下再湧浪，當她稍有能力開始夢想未來的時候，我聽見她在說，她一定要為詩楷闢一間專屬的畫廊，讓畫家不要那麼辛苦。

詩楷去世後，心情悲痛，俗事紛雜，但遠芬本來就是傷心也不閃淚光的人，她用臉書親愛溫馨的與詩楷對話，她說「**陪你畫一段**」，告別式後，她就帶吉美畫室的學生去到老師安厝的寶山陵園寫生。畫室裡詩楷與學生相處的種種，被她以圖以文讓時光汩汩倒流記憶重現。

「**今天我要嫁給你啦！**」四月二十日他們的結婚紀念日，這師母將八百年前和老師雙雙年輕著的出遊照片也放閃了……。

二〇二一年《曾詩楷臺灣祕境日月潭畫展》，她選在詩楷生日的四月廿四日舉行開幕茶會，在詩楷深情下筆的日景夜景畫作前，大家一起放聲高唱：「祝你生日快樂～～，祝詩楷生日快樂～～」。天就是七七，這是詩楷揮別人世，最後的回眸。

接下來，還有幾場詩楷生前既定的畫展陸續要登場，不會太久的未來，預計會有一幢「曾詩楷紀念館」在地表矗立，這些遠芬都會努力去完成，其實，遠芬此後的人生，根本就是連詩楷的那部分一起活了。

雙魚的雙，指的是身體和靈魂一體，遠芬一定會達成她想為詩楷所作的。而我所認知的真正的浪漫是，每一天，我們都會有迎面而來的新難題，或痛苦，但無論如何，我們都能不退卻，明白繼續前行的意義，並且堅定著自己的信守。

你以為這些都是雙魚女特色中的「適應力強」嗎？我沒見她多說什麼，但我想，我能懂她內心銳細難言的悽楚。前幾天，她開詩楷的小吉米車，穿一件白T恤就從臺中出門，到新竹看到溫度冷到令她發愣的十八度，她寫道：「**還好小吉米車上有你常備的溫暖牌羽絨背心**。」那是詩楷的體溫。

去戶政所辦除戶，戶政員問要辦什麼業務時，這位浪漫雙魚未言雙眼先模糊，「**臨場終究捨不得你走，還是不爭氣的選擇把名字留下來**」。她配偶欄沒留空白。

她每次以未亡人角色致詞什麼的，刻意輕鬆場面說個笑的時候，我都很想哭。

很多年前，我丈夫離世，我和遠芬共同的朋友蔡淇華、忘年知音為我作了一首歌，副歌有這麼幾句：

一座海洋可以藏一萬朵雲
一朵雲可以躲一萬雙翅膀
一雙翅膀可以背一萬片天空
一片天空只守護一座海洋

一，可以是一切，一個人也可以很有力量，而擁有日月星辰整個宇宙了，你心中也只永恆守護著一個人。

這意義，很多年後我才真懂，而遠芬以她雙魚的浪漫，早已了然。

喜歡且安於平凡的我，因由彼此掏過身世，露過心底，真的很懂她說的「幹嘛只有平凡，人，可以不平凡的」，細算人生，能有幾時？手中刀與劍合體，不遲疑，她闊步走在為愛實踐的道路上。

5.

茫茫

十一年生死。

你的書桌維持原狀如你起身一下就會回座，那年冬天你親手夾掛的圍脖和小衣物也還晾在陽臺，來不及向你訴說多少不思量與自難忘，哥，我急著告訴你的是你轉身離去沒再參與的這個世間，發生了多少你我從沒想過的事。雖然，平實單純著實宥限過我們的可想像，而「從沒想過的事」在你生前最末幾年，我們曾一起切膚經歷過。

我們嗅過日常和病院，希望和失望，可從未嗅過戰爭血腥的氣味，怎樣也沒想過瘟疫、戰爭、核爆危機會與我們同時並存吧！那是歷史，歷史是人類社會過去事件和行動的紀錄，當時核爆危機還是原子塵爆呢。就在幾個月前，我盯著電視螢幕看一輛烏克蘭軍用卡車為阻礙敵軍過橋，衝上橋身引爆，橋毀人亡的壯烈畫面，張眼幾疑這不是二戰時才會發生的事嗎？而烏俄戰爭發生迄今似乎沒有停戰的跡象，透過新聞視訊每天都有炸爛的城市生生頹在人們眼前，苦難中的烏克蘭人受訪，會語塞哽咽而淚流，而那些不流淚的眼中，男女老少都流露著很多堅毅和，一抹茫然，被夷平的馬立波城裡，那在地窖生活的小孩說：「我想看到太陽。」

COVID-19臺灣本土病例人數破萬直升了。從二〇一九年底開始，這全球性流行疾病在臺灣的疫情過程你全都看得見嗎？多像那最後的五月，你在安寧病房裡，寫給我的那張母親節卡片上的這段話：「**總像是被老天捧在手心，卻又忽然被摔入谷底。一陣沉澱與掙扎後，又被撫平，正常欲適應於新生活之際，不久又來個地震、海嘯。**」你在說自己五年病情的坎坷，「**變化太大了令人難以接受。**」你說。

風息浪落海水平，下一刻飆風再起浪激越，如此浪落如此浪起，大世界，小個人在在都對我做這樣明晰的示現，上天沒和誰開過玩笑，常與變這門功課後來我修得比誰都來得真切。

哥——，你還在家的日子，我開門就喚你，說些一天發生的大小事，這十一年，我還是會對著你的遺照說些不輕易對人啟齒的心底話，你有發現嗎，我喪氣悲怨之嘆減少了，沒你相伴的我，於變動世間安分守常化繁為簡，應該就是最安然的入世身姿。

「你快去寫作啊！」耳畔仍常有你這樣的叮嚀，這下我可以甩髮下音樂亮出自己的幾本著作，昂聲向你：「有，你沒看見呀，十一年了，我——，還在寫。」

比起你在，我變得比較害怕。我已將此看作世上真心對你的人之擁有與失去的必然。但害怕，教我從新的角度覺察自己，提醒我謹慎持穩不失序，害怕，讓我從無所依侍中走過來，讓我從自己的局限感受他人的所需，讓我明白會輕易傷害別人的，是因為不怕。我再三玩味著藏傳佛教尼師佩瑪．丘卓的一句話：「佛性，喬裝成害怕。」

這些年，很多慌張的時刻我會聽到你在說：「不要急慢慢來。」事情沒做妥當，人際沒處理圓滿，我最愧對的人是你，我還是常罵自己「你豬啊」、「怎麼這麼笨喔你」，但是，你放心，我的日子小小的，我足堪勝任。那天，我帶著二個外孫在你遺照前三鞠躬說說話，他們稱你「星星阿公」，我直視著你的眼睛，相片中的你一直微笑著，是我眼花吧，我覺得星星阿公你的眼眶有逐漸在泛紅。

每年清明祭掃先人，五月祭你，在裝冥紙福袋上「陽世妻」那一格，一筆一畫寫上自己的名字時，酸楚與纏綿依然繚繞，我是每事你必親接親送的愛妻，是一向命好很多事不知周備必然勞你許多為難的不懂事的愛妻，是面對困境只有彼此可以相依卻一點都不能幹的愛妻，是你病中住院了還記掛有沒睡好休息夠的身為你的照顧者你卻呵護慣了的愛妻，是你臨終拚盡最後一口氣雙手用力一握，右手握女兒，左手握著的愛妻。一筆一畫寫上姓氏與名字，我是你留在陽世的妻子。

我問女兒，如果爸爸還在，難道和我一起每天晚上擠在你家陪孫子到九點多才回家？女兒很篤定的說：「不會，如果爸爸在，一定是他天天接送二隻放學去你家，你一定天天開伙煮飯，我們每天都回你家吃完晚飯再回自己家。」

咳，世上有你沒你，劇本翻新情節不同，那，我還有話可以追加，如果你沒生病，

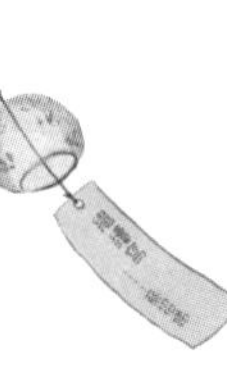

女兒應該遠赴美國讀教育去了，如果你沒離開，女兒會接行政職務，以她的負責認真，她可能考慮會去考校長……，你是天生不信不說「如果」的人，我知道我知道，你一定會這麼回我：「少在那兒說些五四三的，孫子照顧好。」

即便塵滿面，鬢如霜，你我相逢，你會不識我嗎？而你，男友的你、未婚夫的你、人夫人父的你、完好的你、病了的你、覆蓋往生被的你，相識以來人生每一階段的你，全被我細膩且充分的記取，可若你換了身世改了容顏我仍能識你嗎？而執手相對不無言，我始終是那推門，喚聲，大小事都想對你說的你的妻子。

陽冥相隔兩茫茫，思念可以明亮而自在，生死流轉不休，茫茫，無邊際，是那最遼闊未知的不可能，與可能。

6.

交陪

「用地圖看會最清楚，」我澎湖朋友陳順序攤開地圖，手指著風櫃青灣很狹窄那一段說：「就是這裡。」

載著我們三位小遊客走南環公路，鎖港、山水、時裡，一路要到風櫃尾蛇頭山。曾在澎湖國家風景區管理處任職的他，告訴我們澎湖的故事。

澎湖西南外島，有一玄武岩柱滿佈的小島桶盤嶼，臺澎海峽一帶洋流特別強勁快速，從前搖櫓船的年代，補給離島物資倍極辛苦，然若島民生病，即便東北季風也必得急送馬公就醫，以人力扁舟力博狂風、險浪、惡洋流，那真是將命交與天的最艱難任務。

馬公灣以金龜頭與蛇頭山的龜蛇雙護衛，形成一馬蹄U的平靜內海，船行於內海，風平浪又靜，桶盤嶼不彎弧繞行海峽，最直最短最安全經由內海抵達馬公的路徑是，越過風櫃里。

是風傳來訊息，浪轉訴心事，是海的子民自有的體貼與成全，風櫃人告訴桶盤人，你們放心，我們會幫忙扛船過陸地，讓你們從內海進馬公，那最窄距離最短的地方，是青灣沙灘。

桶盤有船來囉！風櫃人放下手邊工作，奔跑到海邊，齊力扛起船，越沙灘、過陸地、再置船入海。然後，桶盤人的道謝聲，一次次，一年年，風櫃人站在海邊，一遍遍揮手，一起目視小船搖櫓而去。

現在？機動船早就取代搖櫓船了，但是，風櫃和桶盤自此有了交陪，一直到現在都相互聞問，兩邊溫王殿廟會，對方必派代表親蒞且必定坐主桌上位。陳順序是桶盤的孩子。

我想知道更多關於松島艦沉船的史事，澎湖朋友高悟晉為我引見澎湖耆老林麟祥。結果我將沉船史事暫擱，凝注另一樁關於交陪的故事。

一九六七年在京都成立的「馬公會」，成員都是日治時期在澎湖居住過或就學過的日本人，其中不少人是在澎湖出生，他們懷念這片出生成長的土地，定期組團與澎湖互訪，來時必定回母校「馬公小學校」（現為馬公市中正國小）。

記憶這東西真奇妙，終一生細而亮明滅牽縈總也不能揮卻的，也許就是小時候盪過的那個大樹下的小鞦韆，那仰頭看你盪高髮全後攏笑顏盡開的友伴的童稚的臉，那上下學要走過的有時陽光有時雨莫名其妙的的一條街。

日本馬公會創會會長廣中治郎，出生於馬公市紅木埕（現今朝陽里），曾在澎湖住了十八年，父親當年是鎮守馬公紅毛城彈藥庫軍官，二戰後回去九州。他與家中經營照相館的邵久，國小同窗六年，情誼深厚，一生都保持著聯繫與往來。

劭久去世後，骨灰安置馬公菜園納骨塔，廣中治郎生前就希望能將骨灰與邵久放在一起，兩人能多說說話，廣中治郎九十八歲辭世，透過日本馬公會駐澎湖特別顧問林麟祥的居間聯繫，家屬得以完成其遺願，將他的分靈從日本帶回馬公伴友長眠。已遷移至臺灣本島定居的邵久的後代子孫也表示，父親生前交代過，二名長者要透過骨灰併放的方式，延續生前友情。

澎湖回來後，我反覆仔細的搜查了「交陪」的意思。

其實，這些年我看既有都是成空，這真是很難當聊天話頭或不容易向人說得清楚的事，偏偏我活得實在興高采又烈：嬤孫、友情、世緣、筆寫不停麥克風前也講不停……。矛盾是不相抵的存在，這話已經不那麼淺顯了，何況是讓人明白，就是因為知道短暫就是會消失，所以我的迎赴才會如此華麗而鄭重。

這些年，一年一年來澎湖，安靜來去也是一種愛的方式吧，我站在歷史大海前，讀懂一些潮汐及洋流，這是我一個平凡人幻化短暫，感到自己沒那麼渺小的方法。而世上有個令人感到安全的地方可以從家抽離片刻去當廢仔閒人，什麼都不想什麼都不要也什麼都可以的去混去晃，去做自己很喜歡也很拿手的事，這是一件多麼幸運美好的事。

二〇二〇冬天，東北季風中的這一趟澎湖去來，我眼中一向的七月璀璨花火澎湖起了不同：一派寬寬靜靜的質氣，天仍藍，風疾，雲快走，銀合歡棘刺枯枝是視野的天際

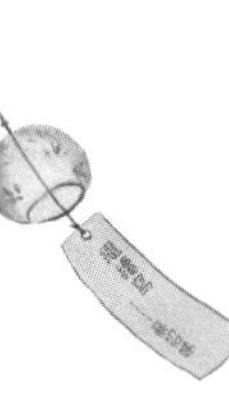

線，我心想，牡蠣灰、咾咕灰會不會才該是澎湖的本色？還有那曠野的枯草黃。是陳順序說的：「澎湖最美是冬天。」他還追加一句：「澎湖有二位最好的雕刻家。一是風，一是浪。」

說起不同的，還有我友情的認知。一向我比較認為「沉船的海面也是靜靜的記得」，比較認為，讓日久見人心就可以，比較自知無能做到周全那就別靠太近。

但這次，煩擾澎湖朋友許多，離別前夕，我面對一桌豐美的友的盛筵，極簡一句轉化為最恰當到位的話語，就是告訴眼前我澎湖的朋友們：「我來澎湖十幾次了，從來沒想在澎湖交朋友，我只是想寫。」

我沒更大聲或更小聲，真心說話或說真心話的時候，語調怎麼都平平平平到讓四周的空氣反而空靜一下，剛好就讓話在空中被聽得分外清楚，我繼續說：「這次，我想要和你們這些澎湖朋友，相交陪。」

交陪，是要有來有往。要持續不斷。要深交情。但網站字典絕對沒收，我怎麼用功也查不到的，應該是座中朋友弟仔說的這句吧，他說：

「交陪是平起平坐。」

7.

姐妹幫

我當文學獎評審不時也在說：「題目當然也重要，一個好題目有時候『啵』的，就豁亮了全文。」

關於這個群組的命名，我並沒有親自去做過民調，但我想，可能或許大概讓男性成員心中多少曾有過那麼一點「礙虐」吧？

當年 **Fen** 隨口說出的時候，我沒因文不完全對題或太過普通而反對，並非我不察或兩性平權意識，是因為我的認知裡，男生的友誼，有時是光打籃球沒說上幾句話，上下學時同路段衝腳踏車上下坡，就可以終生不墜不搖，女生的情誼則要靠不同層次的說說說。

生命中有很特別的一年，我尋常日子包裹著深細的惶恐害怕，他們是當時連眼睛都對不了焦的我，願意多說些傷與痛的人，網路社群上，我以文字傾訴，他們以文字為帕，為我拭淚，文字，不也就是一種「說」而且是靜靜細說？如此說著說著再因緣際會擴大些連結，便形成彼此都認肯的友群，這過程模式不同於男性反而偏趨女性，所以名稱就如此敲定了，它叫——

姐妹幫。

一年一任照輪，每年在我丈夫過世的五月，我們行幫主交接禮，幫主之上，他們尊奉我一聲「祖師爺」，因為我是這樁因緣的萌初源起。「祖師爺」到底是什麼？我說，荒山老宅牆潰瓦殘了無人跡，長長一條蔭深的青苔甬路通向廳堂，跨坎對龕，龕內那塊守護家園的神主牌，就是祖師爺。

姐妹幫成立滿十年了。都說風水可以旺人，那姐妹幫必然是塊風水寶地吧！這十年來，幫裡一個個由素人成名家，新書發表、演唱會、講座、畫展、劇場、攝影展一場又一場，我在他們的榮景繁盛處坐下，大聲鼓掌喝采，記取的是相識初遇的種種單純美好，而緣是一條曲線，頂點兩端都是下坡，有眾生，就會有情緣已了，有時間，就會有聚散成風，世事皆悉如，本也不成繫掛，我練不成一葦過江、拈花微笑，衷心但願同一世間各自安好，而我心中記取的仍是相識初遇的種種單純美好。江隨月，月映江，祖師爺掌管的是，永恆的守護。

姐妹幫從陪伴一個傷心人走過死蔭谷底，到我們這群人聚在一起，可以協力共事為社會做點什麼，到自有一片小江山，只出現在別人主辦的活動裡扮演助成的角色，這過程其實也就是我自己的十年世路與心路，在不同階段有著不同的實現與完成，隨著我的使力聚氣到穩定純粹到淡素有度，姐妹幫遂也在歲月裡風華換轉。

隨順生發，彎轉如流，不變的是幫氣。

馥華、梅珍是蘊厚的底氣，Fen是永遠的妹子，CL、麗美、遠芬、招娣、乃光等人像星火變電所似的，散是滿天星，聚是一團火，KiKi明明在臺北老覺得很親，建宏不時搞搞怪也蠻吸睛，淇華的氣場到哪兒都強大，文學場合小樣向著我走來，那幾個低聲納潛航深海的名字用「已讀」說我在，很難很難忘記吧牽著特殊生跳兔子舞的夜晚，和那月光流水告白橋上魏晉式的浪漫……。

〈忘年知音〉二重唱的嘉亨與圓圓，一次次在我的場合相挺，動聽的歌聲已成為我活動的特色標記，十年間我的三本散文集都有專屬的主題歌。有人問「怎麼計價」？在問者一雙雙睜大眼的不置信中我答的都是「不計」。我今生一定有方法償還他們這份長情，但我想以這無價的「不計」，留下一則人們眼中絕不可能的現代傳奇。

今年的幫主輪到在大陸經營成衣，目前回臺灣暫住幾個月的淑美，「疫情緩一些，我就要去廣州了，這樣有適合當幫主嗎？」有——，這算什麼問題嘛對姐妹幫而言？我還毒舌追補了一句：「強的早就一個個當過了，現在開始換弱的當了，這大家都知道，你不必有壓力喔。」

九年前，乃光為姐妹幫製作簡介投影片時，在一張全體大合照前回頭問我，「一與之訂千秋不移」這幾個字要放上去嗎？

要。這幾個字，會一直在，在片子，在心版，在當世。

在我的今生。

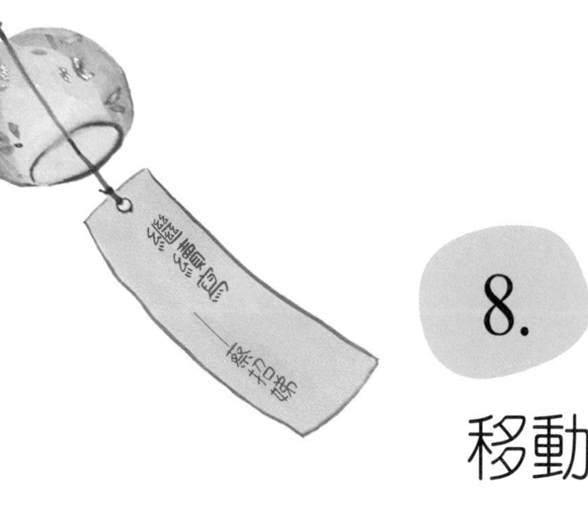

8. 移動

1．用刪節號說的地方

霧峰於我，曾是快速移動間一處模糊的光帶過影。

二〇一八年，我朋友蔡啟海所創的「臺灣畫話協會」入住臺灣第一座花園新城霧峰光復新村後，我的移動才有了新變化，國道三下霧峰交流道，轉中正路，一天天的，路過成專程，掠眼成細睇，籠統成尋問。

沙灘太長，本不該走出足印的。從此，霧峰真的就像是一襲雩霧罩在峰，映我眼中的景致遠近高低總不同，這兒歷史人文豐厚，山林條件極佳，光是一條中正路的方圓周邊，就能如同纚珠一般迤邐出故宮山洞、菇類文化館、林獻堂博物館、臺灣交響樂團音樂文化園區、省議會議政博物館、光復新村、九二一地震教育園區、阿華師茶業、霧峰．民生．故事館……。

作家林德俊和韋瑋二〇一五年回來霧峰老家，用「熊与貓咖啡書房」蹲點為基地，以社區營造的方式，讓文化結盟，推動在地的文藝復興，他要行銷霧峰到全世界。進校園、走社區、辦刊物、關懷生態、走讀臺灣、公民參與……。有一次，我請他傳一份「熊与貓咖啡書房」地方創生工作內容的PDF檔案供我參考，看完後我回覆他，心頭還是有點喘不過氣，太豐富太多樣太立體了，我說：「看完讓我心律不整。」

故事，在霧峰，走過往時，走過今日，時間一分一秒不停止，它們就一點一點仍在繼續，於是書寫霧峰，必須大用減法。從中正路截取一小段，這次我只說「臺灣畫話協會」的故事。

書太厚了，就從翻開的這頁開始。

2．移動的故事

不移動一樣能成長，但移動，會超乎想像。

十五年前，蔡啟海還在彰化和美實驗學校任職美術老師，因由中重度身心障礙學生畢業後的無去處，他不經意幻想著，如果有一天，可以擁有一甲地或者更大的園區——，他以調色盤為構想基圖，中央是一個大水池，小橋流水、建築物就蓋在水池中央，環繞周邊的就是一塊塊植栽區……。擅長美工的他，還用保麗龍和厚紙板做出具體而微的園區立體模型。

幻想是免費的，你要多少都可以，如果也一樣，蔡老師自己也不確知當時自己腦袋裡是幻想還是如果，反正都是免費。二〇〇二年六月，霧峰中正路一四六巷五十六弄

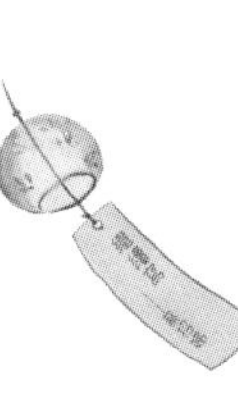

二十五號，有個名為「臺灣畫話協會藝術育癒園區」的地方，真的正式啟用了！經過好幾年的遷徙移動，這是蔡啟海為身心障礙學生所創協會的，自己的家園。

即便一甲地變成只有一分地，仍堅持主建築外，一定要有一條河。育療園區的主建築採用蒙特里安幾何型體，水平、垂直線條構成大小方格色塊，簡單而平穩，方格並且充當櫥窗，展現學員們的各種創作。小小的水池是生態池，精密專業的設計讓水流在看不見的角落循環入池，水聲如律，竟日泠泠不絕於耳。

蔡老師說，透過園藝、木工、繪畫、烘焙、拼布、手鐘的課程，學員真正學習的是友愛、互助、歸屬與完成的感覺，他還希望學員們親水近水，甚且能主動去留心園區裡各色植物的生命歷程。我自己是親眼看見很多學員如何從零到有的緩慢移動，有，才能安處，才能連結，對重度身心障礙者而言，有，甚至才能開始抬起眼與人平視。

蔡老師和妻子李淑玲老師都是小兒麻痺，一九九四年他們帶著稚齡子女，去到英國的布里斯托大學教育系進修，異國他鄉五年，他們常參與當地的社區活動，看見十八歲以上重障者如何利用輔具在家工作，看見社區會特別留下一樓的部分空間供身心障礙者使用，後來他們去德國羅騰巴赫參訪身障共生社區，也去巴塞隆納參觀過障礙設施，去澳洲、法國、美加、日本、新加坡……，他們走出臺灣看見太多臺灣的還沒有，而看見了就無法裝作沒看見，蔡老師始終說不清楚的那椿十五年前，我想我知道，他者，往往可以帶來不同的視界和思維，這些移動，讓蔡老師夫妻有所效同，敢於想像，並有躬身去實踐的力量。

入住在霧峰，大家的第一反應是「蛤？那麼遠」，蔡老師反而訓練一些學員自行搭公車。有位高大的學員很愛自顧自走動並和人說話，初搭公車時，遭別人的側目，也讓司機分心困擾，幾度火大得要趕他下車，慢慢的，司機找到讓這特殊乘客安靜的方法，他送學員一顆糖，讓他坐在司機座旁邊，靜靜吃糖果，幾次後，二人開始說說話、交朋友，有一天，學員高興的告訴蔡老師司機的姓名，說是司機先生親口告訴他的。身心障礙者與這個社會，彼此要去適應，也要彼此被適應。

家門到協會，這裡到那裡，所有的走出……和去到……，移動會滾動出另一場意想不到的移動。

3．美，都滿溢了出來

畫話協會在光復新村，滿園花木扶疏繽紛葳蕤，美，都滿溢了出來。他們的「藝術育癒園區」也是。被協會稱為「花天使」的陳玟蓉，一路伴隨協會成長，所有植栽從小到大，全都由她親手打點。

園區裡，藍花楹、風鈴木、棋盤角、醉芙蓉……，四季都有開花的樹，適性依勢植下的花草有三百多種，邊欄挖出幾個造型洞，剛剛好是輪椅者的平行視線，讓他們可以閒閒涼涼坐著就將雲天與遠方收到眼底。

玟蓉特意裝置幾個討喜的陶偶在園區，迎門花花熊、超能顧家鵝、護池帥帥蛙，還有守護家園的小海和小玲，搭配著學員們的天真，讓這裡更添一隅童話家園的美好。

就像學員林亭介所畫的《築巢》，那隻青鳥銜松枝平飛向前，堅定築就自己的窠巢，「臺灣畫話協會」仍在實踐價值的路上往前移動，但他們永不會忘記，這家園是聚結十方眾人之力幫贊所成的精神與物質的總合。

活水潺潺，水聲盈耳，於是園區欄柵上高高掛起成排小水滴狀的陶器，是他們虔敬在對大家說：

滴水之恩永矢不忘。

4 • ……怎麼夠

……是足跡、是這一路、是移動中、是不及列舉，說標準刪節號用法是六個點，在霧峰或畫話協會，這怎麼夠？

9. 我在找我的二〇二一年

你當成珍寶的東西，在別人眼中也許一文不值。

二〇二一年夏季，文學課線上教學，我說宋江騙李逵喝下毒酒後「我為人一世，只主張忠義二字，……寧可朝廷負我，我忠心不負朝廷。」

「我和你陰魂相聚，」我說李逵的見說，亦垂淚道：「罷！罷！罷！生時服侍哥哥，死了也只是哥哥部下一個小鬼，」我還說吳用的「恩義難捨，交情難報」，花榮的「留清名於世」，後來雙雙吊死在宋江、李逵墳前。

我用《水滸》七十回後，英雄悲歌梁山情義在說人能「支撐住，從容接受災難」，是因為心中的價值信念。

但這次，我用這句話在說一本年度筆記本。

很多人都知道我隨身那本筆記本很厚很柔熟。新年度的那本，會將舊本子上的年度最佳、或年年回鍋的資料，再次撕下重貼或細項手抄，然後，細菌生長遍生那般，逐月寫滿重要行程、日常心情感受、隨機精華摘句、亂流似的採訪手稿、寫作待用資料、大小幅報章剪貼、年度計畫要讀的書要看的電影、洗髮染髮SPA去銀行AMPM和誰聚在哪聚、大孫小孫的塗鴉、我的隨筆畫……，特別重要的事，我會加框、塗色、星星符號。今年的，我特別用心貼上主題小標籤，以方便翻開。

十二月初，我遺失了二〇二一的我自己。

二〇二一行事筆記本，在三月遺失過一本。那時，我恍恍若失，國家疫情中心追蹤確診者足跡那樣，著急問遍我可能去過的每一處，沮喪挫折到須約好友遠芬及圓圓出來傾訴想哭的心情。一本筆記，一本筆記而已，得懂的人才懂。

我完全記不起這三個月，我說，圓圓說：「找，不就是我少了一撇。」

和他們見面幾天後，遠芬丈夫詩楷驟逝。是一個激湧大浪頭打來，浪落，月照，沙灘上什麼是回得來回不來的？

筆記本是乾女兒送我和我女兒一人一本，女兒遂將她的轉贈給我，一模一樣連附的星巴克買一送一券都沒少一張。然後，我再度遺失一次，在十二月。

遺失前最後一幕是清晰且確定的。從佛光山回來的隔一天，早上十一點半，松果蔬食，我神清氣爽的和二位親近佛法的學生相見，閒談間，我拿出厚厚的筆記本說：「筆記本讓我看見紀律的、精進的、純粹的，我很喜歡的那個我自己。」

「還有剪貼耶！」「一年一本，老師你都收藏著？」是啊，一年一本，一本一本連結成我，我的新紀年，我的這十年。

就從二天後的每一去處逆推到松果疏食為止，鋪天蓋地鉅細靡遺，寧可錯殺也不放過，我全都問遍了。一樣的心情用第二遍就會餿，我新添加了責備、懊惱、悔愧、自作自受吧的無言。

不見了，是宇宙間有個黑洞吧，怎樣也回不來摸不到，明明那天，在小標籤上寫「無色彩少年多岐作」，字多得寫得小，我小心翼翼得多麼慎重，明明貼上「沈從文的抒情性」標籤時，我還是將親手一個字一個字手抄如再誦的，一個小寡婦被脫光衣服沉江那段，圍觀眾人的嘴臉，再次認真的細讀感佩了一遍，明明我還將佛光山法師條理分明解說的《心經》，用A4紙畫表格整理貼在筆記上，時時在翻看，明明……，歷歷宛如猶在昨，甚且捧在手心的餘溫都猶存，不見了就是不見了。

難怪繪本裡的小女孩會認為，爸爸死了？是街上突然出現一個洞，爸爸掉進去，就不見了嗎？

「你就是喜歡拿在手裡，隨處放一下就忘了拿，」女兒數落我，「阿媽，我以後買很多筆記本給你，」孫子也看著我的悶，我打電話給計程車平臺，請幫我查十二月六日下午一點半，到我家巷口載我的車號，對方問：「你要找的東西是什麼？」

「一本筆記本。」對方沉默了一小下，我就趕緊補上：「別人眼中一文不值，對我卻很重要。」

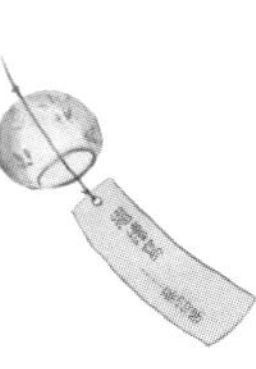

其實，公立停車場我也去找過了，我也有可能隨手放在輸入車號付款機器旁的發票捐贈箱。

沒。發票捐贈箱旁有一包停車場的垃圾，旁邊貼著：「不可隨意丟棄垃圾，此地有錄影存證」。我當下翻開垃圾包，徹底左翻右攪，心存會不會被人當垃圾打掃了去的殘念，沒。又仰頭發現機器上頭放著衣服、雨傘、水杯，莫不就是那些有待招領的各色失物？我跳跳看看不足，為了萬無一失，我爬上一旁的石墩圍牆，貓式蹲姿，低身，以目光一一查看過那堆失物才甘心。沒。

如果，有人看了錄影帶，覺得我行跡可疑，找我去問話，我的所有回答都將成為呈堂證供，你認為我該說什麼？

Sir，我在找我的二〇二二年。你別不信，就年度筆記本，裡面有剪報，有畫圖，字有時很工整有時鬼畫符，對，我是在翻垃圾啦——，因為那本子，在別人眼中一文不值，對我，卻很重要。

三月，十二月，乾女兒又送我二〇二三年的新筆記本了，咦，我這不也在「支撐住，從容接受災難」嗎，我與我的價值信念。

10.

記持

你身上有我熟悉了一輩子的氣息。

戲，在這句話的悠長中落了幕。這齣戲，京劇與影像相乘，呈現新古典的奇幻美學，打破生死、性別、血緣、時間的邊界，訴說愛的無限可能。

看盡人間多少色，色色原來是離合，在一切都忘記和生生世世依戀的情節搖轉中，我但覺一片寂天寞地，濕著眼看完全劇，當舞臺滿空星斗那一刻，時空豁然拉得杳深，孤寂感便從地心靜靜靜的湮滿全宇宙。

什麼都不是了，我也記得你身上的氣息。

記憶的臺文書寫是，記持 ki-tî，將記憶持著，不放下，護住，以恆。是一個人或一件事，對自己碰觸的方式，不在人事的短長、力道的輕重，在碰觸。

我讀過王定國記憶姊姊的方式。姊姊是名滿全校的人，作文得過二次全縣冠軍。姊姊小學五年級時病逝了。當時王定國或許小學低年級，或者更小。二年後，他站在教室講臺接受表揚，因為他一篇滿分的作文將家鄉鹿港寫活了。全班都在拍手，老師說：「你也要跟著一起拍呀，為自己鼓掌。」這篇文章是他從媽媽藏在床底下的作文簿抄襲來的，作者改成他自己，那是姊姊的作文簿。他讓姊姊忽然在一瞬間復活，彷彿看見姊姊在掌聲中來到了窗邊，聽著聽著走不了，直到他眼淚一直掉，姊姊才從幻影中慢慢消失。

還來不及打開就失去的，一樣可以被記憶。蔡瑞妙是新港的女兒，老家在奉天宮後。新港是開發得早曾經「商賈聚集」的港口，而繁榮帶出的歷史文化，總在繁華落盡後，依然存留著富厚的人文底氣。她站在大興路老家門口這樣告訴我：「這兒，二百公尺內，就有三處古蹟。」

瑞妙記憶父親的方式，是「我因為失去，而永久擁有」。瑞妙的父親蔡玉棠老師（一九二九～一九六一），在民國五十年那一場震驚全臺的民雄「七九」平交道大車禍中喪生。當時瑞妙才六個半月大，她家唯一一張全家福照片，是母親抱著襁褓中的她，和哥哥姊姊一起圍傍在父親的新墳前。她和父親之間的記憶是零記憶。

她思念父親，從小翻箱倒篋愛看父親的照片、遺物，會夢見父親，會想念父親而大哭。她說自己一定「曾經和父親互相凝視但沒印象」。她五個月大，當時父親任職縣府，去臺北參加研習寫回家的信上，那親筆的「瑞妙」二字，她凝睇寶惜，視為和父親唯一的連結。

人與人之間存在一個看不見的巨大密實網絡，拉起一段索，就牽起一個目，結起幾個目，就撒成一片網。她父親在新港國小任職十年，帶過六個班級，且身為全校音樂老師，她發現，不論直接間接、專程偶然，在新港的任一處逢遇、任一個話頭、甚且只是一次擦肩，她都常能聽到「蔡玉棠是我的老師，他……」這讓她必然駐足的一句話。不同面向點點滴滴的故事，就這樣一條線索牽連一個網目的編織出非常立體的蔡玉棠老師，而瑞妙生命中一段虔敬純淨的真空，彷彿也開始有水流動、有風初拂、有一些舒捲湧動的雲起與雲落……。

她開始正式走訪父親的學生、朋友，一人一人口述、一字一字蒐集、一張張老照片翻拍掃描，二〇一九年她寫了一封「請幫助我追尋我的父親」的徵文信函，附加一張放大成Ａ４大小，當年的小學班級合照、畢業照，請收信人寫下小學與蔡玉棠老師相處的所有記憶。總共發出四十一封信，外縣市用投郵，嘉義市的她騎摩托車親送，新港鄉遠的開車送去。她不按門鈴，輕輕從門下塞進去。

「很嚴格」、「很有才華」、「會演講、會畫畫」、「站在司令臺上指揮全校大合唱」、「轉任教育課國語推行員」……，一塊完整的生命拼圖於焉這樣呈現：蔡玉棠老師熱情嚴謹，教學之外，領合唱、組樂團、帶球隊、參與鄉里活動，既有號召力，又有實踐力。遺物中的各種筆記、調查報告、作文、週記、自傳、手抄無不漂亮工整，用鋼板刻寫的樂譜，連各分部的譜都分明，秀傑之氣與端正自律勻勻調融。

二〇二三年六月，蔡瑞妙要在新港藝術高中為父親舉辦追思音樂會，她將歲月與人事交互幫贊堆疊下，所有新港賢達、家人、朋友、學生為蔡玉棠老師寫的文章、信的回

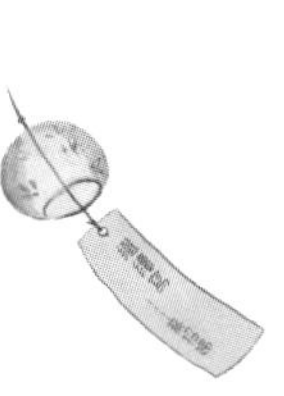

函、自己去作的專訪，集結成一本紀念父親的書籍，取名《音緣聚會》。音樂會當天，瑞妙將彈奏父親留下的那把吉他，揭開音樂會的序曲，會中有一首合唱曲表演，是以瑞妙父親留下的工整精細的手刻樂譜練成，曲名是：《清溪水慢慢流》。

蔡玉棠老師三十三歲短暫人生，以無可超越的刻度，由小女兒六個半月的記憶，轉缺憾成圓滿。「我感覺父親就像一條清溪水，輕輕淌流在新港的家鄉。」父親不只在夢中了，現在蔡瑞妙這樣說。

《音緣聚會》書封折頁是蔡玉棠老師彈奏鋼琴的右側身影，封底折頁是幼年瑞妙彈奏鋼琴的左側身影，攏近靠合著看恍若父女在對彈，悅揚的琴音在他們父女之間往返流轉，交換著無由訴說的情衷，時光從窗外走出，緩緩，緩緩，不止步，也不慌急……

時空擋不了，記憶關不住，寂天寞地什麼都不是了，我也記得你身上的氣息，記憶是，被碰觸，就持住了。

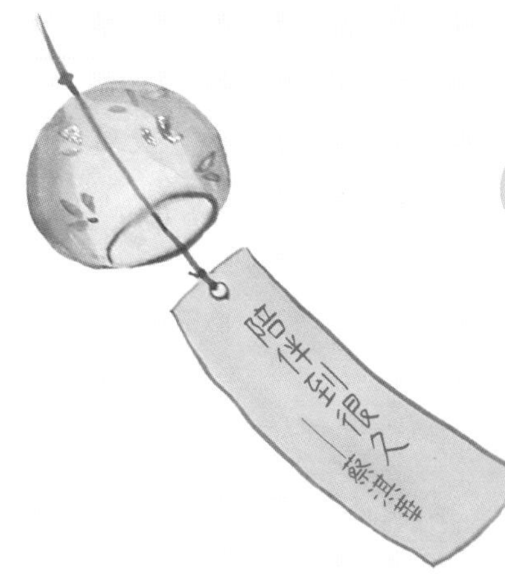

輯4 說好的

慢慢讀靜靜懂。

要慢、要緩、要散步的速度、
要蹲下來的平視、
要專注溫柔，
才能完全感到它們的深意及韻味，
那自我存在的價值。

1.

人沒有第二次十八歲

——序《未成年在想什麼鬼》

A.

十八歲，青春甜，和善有禮，會彈鋼琴、會演說、能畫、能寫……，這女孩多才多藝喲！叫人羨慕喲！好命喲！

全都沒錯，但，你是看熱鬧。

你只看見她沒戴面具的那大半，被她遮起的部分，有她的小脆弱、小困惑、小悲酸、小感傷、小小很難讓每個人能聽懂的言說。

這本書，透過文字，她，是在卸下面具。坦白面對自己的足與不足，擁有與失落，茁壯與傷痕。

這不相抵的二造全加起來，秤一秤，才是她十八歲的真正重量。

請你不必「蛤！」對，請不必懷疑，我，這才是看門道。

B・

她應該叫我「師婆」，他爸爸是我學生，她媽媽是我很喜歡的「媳婦」，但後來她直接稱我「老師」了。

因為，寫作屬外太空的事，我和她都是外星人。

我是最沒資格叫她出書「等一等、緩一緩」的人，雖說她從小有出書夢，但有我這樣一個大人在她身旁，老在示現文學對生命的安頓，身上老在散發文學的恆光，這不就等於是在戳她、攛掇她？

而她的確也夠格。

你讀她這句，她說生命中少數人是「原形食物」，「多數人則是分子料理，在還沒放入口之前，永遠不會知道他真實的樣貌。」

你有沒有感覺頰肉抽一下，我們一輩子交友史，真的有傷……。

「創作就像白開水般無味，平淡無奇的生活，日復一日重複著同樣的動作。」

咦，她有跟蹤過我嗎？

她也不過在一間小小杏仁茶店等候我，因由陌生環境，靜靜打量觀想，就寫下了一篇「神祕色彩」。其他年輕人，我保證，滑手機玩手遊。

她從別人的人生際遇感受生命殘缺，而每個人都是自己人生的「主角」，不夠，她還說是「編劇」、「導演」，人生是悲劇或喜劇，全然由自己去決定。對於人生，她

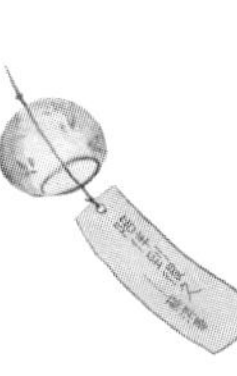

說，不僅著重大方向，也要看重小細節。

友情，或者說「情」字本身，是她的人生最重要的小細節，又因由她異國求學的國際觀，她對換位思考、尊重不同的同理心，顯得分外清晰而敏感，生命是會彼此牽動的，人與人之間的和平諧好，就是她十八歲人生的大方向。

以後？以後我也敢說啊，因為我和她是外星人，她是小獨角灰塵怪，我就是老獨角灰塵怪，我們一生都篤實信仰著：

善良才是對抗世界最強大的武器。

這句也是她書上說的。

《未成年在想什麼鬼》問世了，是天賦就別浪費，人生沒有第二次十八歲。

C．

將來，我孫子長到十八歲時，如果對我說：「阿媽，我想出書，留住我的未成年。」

我鐵定會說：「你閃一邊去吧你，未成年在想什麼鬼！」

「阿媽，人生沒有第二次十八歲！」

「三十六就是第二個十八。」

所以，若要說常恩的天賦，有一項，可一定得算進去——很愛且很有能力愛她的爸爸媽媽。

真正的尊重，是理解。

真正的支持，是成全。

2.

剛剛好

我是讀繪本、看動漫的大人，不為小孩讀看，是為自己讀看。

因為我早就知道，只有簡單才容易打動我。

幾年前我認識駿翰，比這更早認識 KiKi，《小貓散步》之前，我只知道這朋友是畫者，那朋友是出版兼書寫者，他們之間，天濛濛開，山川尚未就位，日月星辰尚未定型，但是，盤古眼張了，鼻息吞吐了。

如何完成這本書？十二張駿翰的畫作，黑白、工筆、野草花、鋸齒、棘刺，你看得到的是，它們天天張掛在 KiKi 的辦公室，隨辦公室搬遷便掛在書房裡，KiKi 無時無刻不在尋找靈感，特意去請教專家學者、去翻閱文獻、去聽演講，企圖能更貼近一顆獨特的畫心。

而你看不到的是，它們如影隨形掛在 KiKi 的腦裡心裡一年多，一連換掉五個情節版本，直到她拍板認定自己根本沒能力承接，就快要硬著頭皮去道歉去宣告放棄的下一刻，《小貓散步》完成了。

辦公室搬遷回家，疫情，都剛剛好讓她開始一天工作結束後的黃昏散步，走著走著，剛剛好多雨的五月來了，走著走著，她發現怎麼周遭有些不一樣了，凝一下目，原來，路旁她從不曾留意的野草花，雨後全都長高長密了。

就那天，回到家，繪本情節一個晚上就寫成敲定。加上虎紋小貓翰翰，再添上美編的透明淡水彩。等待全宇宙一剎那的剛剛好，《小貓散步》是一本不放棄的書。

長高長密的野草花，一株株一叢叢，它們不都在駿翰畫筆下？雨後那天，KiKi停下腳步蹲下身，用駿翰的角度和野草花凝視，進入駿翰的內在視野去感知他的世界，第一次，她深深理解駿翰。

野草花們沉默在生活周遭，長成一片讓人很沒感覺的存在，要慢、要緩、要散步的速度、要蹲下來的近睇、要專注溫柔，才能完全感到它們的深意及韻味，那自我存在的價值。

這世界要安全有時就要假裝，而自閉的駿翰完全不懂假裝，也不被耐心了解，這是一種形式的背棄，所以他背過身，蹲下，和植物無所不說。

KiKi想起自己的潛水經驗，幽閉水底讓她被遺棄感漫生而恐慌害怕，待她發現教練其實一直保持固定距離在守護，她才全然放鬆下來。

植物、你、我都一樣，平凡孤立而受忽視，不知名卻有價值，會很軟弱，也會找到讓自己變強大的理由。

小貓駿駿就是駿翰。虎紋小貓，足墊厚，毛色順，輕巧散步在每一株牠熟悉的野草

花旁，蹭蹭繞繞，家常又親愛，當然也有迷茫的時候，野草花們會窸窸窣窣安慰牠，牠也很快就會俯身伸個長腰，蹦跳起身，牠知道天邊有一顆星星，恆亮。

《小貓散步》是全盤打掉重練的第六個版本，我說，這堪稱是一本意志之書了。KiKi隨書還會附贈一本小筆記書，她是自己嚐到好滋味了，要和更多人分享，她想讓我們隨走、隨畫、隨寫、隨發現，也擁有自己專屬的散步繪本。

她兒子說，最近有一天媽媽散步回家，手中握著一把野草花，說這是大黍，這是咸豐草……。

剛剛好散步，剛剛好雨後，剛剛好混沌散盡萬物就緒天地成，剛剛好的KiKi與駿翰與小貓翰翰的生命喀一聲，相扣相合。

《小貓散步》，說相信，說我在，說愛，一本我一直被打動的書。

陳駿翰畫／翻拍自《小貓散步》（四也出版）

3. 隱形

被不知道，和隱形，之間是等號嗎？

猖狂恣肆，傷害毀滅的不負責任言論，放言者與加害者全被網路隱形著，哈利波特的隱形斗篷，讓人躲避死神，可以胡亂惡作劇，用來達成每一樁心願。

已過世的作家李維菁說，社群媒體根本是「寂寞之海生出的妖孽幻影」。可是，我已逐漸感到這世界彷彿已無幻影不足以成方圓，會不會是，負載充斥過多虛的本體、假的存在，世界本身慢慢就要透明成為全方位的幻影？

◆

每當朋友黯然對我訴說世相種種不公道的曲解時，我總會很認真的問一句：「有第二個知道真相的人嗎？」

◆

為什麼會認為被知道是重要的？不愛辯解的我曾經反覆詢問自己，這句話根本於地球不驚不動，沒中安慰的靶心，也從不是解決問題的方法。

但我是極認真的。穿越多維度時空從宇宙之心往下透視鳥瞰，非真空、無重力，銀河星系無邊浩瀚，黑洞無止盡，所有發生的確都可以被無盡漫渙涵融而去。

只是，有，就是存在，存在而看不見，也是存在，比如白紙上的白勾勒，比如人的孤寂、委屈、吃虧、受創、痛苦……，這些暗角微物，有一天總要無聲無息無影，這有一天之前，或之後，該有人儘管沉默，但知道。

被知道，當然重要。

張愛玲每晚十點鐘，聽到不遠處軍營的喇叭，簡單的音階，緩緩上升又下來，因為只她一個人聽見，她疑心根本沒有甚麼喇叭，於淒涼之外她還感到恐懼。

〈二手冊的情批〉詩裡那張情書，像「**夾一張無寄出的／過期的相思**」，一椿無從攤展的至皎潔極宛轉的滿滿情衷，在歲月的時代的過速離心渦漩下，折疊成啞，壓扁無痕。一個買二手書的人，「**無張持看著你的過去知影你的祕密佇這個冷冷的落雨暝**」，相思和著雨絲的涼潤，有了清味，終於，被知道了。

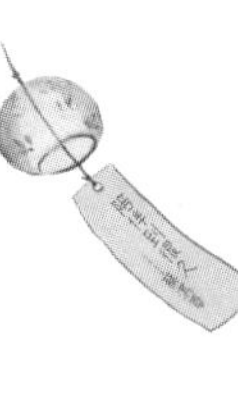

而隱形是，存在而不被知道。繪本裡怪物庫瑪的悲傷故事。怪物庫瑪愛著高山、峽灣，和位於山海之間的優蕾小鎮。夜晚他守護小鎮，趕走意圖為害的貪吃的怪獸們。但庫瑪因為頭上獨角的特異功能而全身透明，他的存在從不被知道。

有一天，獨角在打鬥中折斷，庫瑪現出了令人驚恐的原形，小鎮居民一傳十，十傳百，全鎮團結一起，日夜追殺怪物。

又餓又累又害怕，走投無路的庫瑪淚下如雨。「優蕾小鎮的各位朋友，祝妳們一切都好。後會有期。」為了不再現身，他朝著他最愛的藍色峽灣的深處，不停的、不停的，往下沉。

然後，優蕾小鎮的入口，立了傳說中大怪物的石像，尖牙、鉤爪，頭上有個被折斷的角。鎮民會一代一代傳下去，他們一起消滅這怪物的故事。

世間果真存在著某些無可挽回的錯誤。

但關於人生有人允諾給你一座玫瑰園嗎？生命的殘缺和悲哀，讓人難受，而透過憐憫可以提升感受，最終轉化了痛苦和價值。這繪本，給大人看的。

所以，披上隱形斗篷做好事而不為人知，你願意嗎？

所有的榮耀掌聲都給了那很擅長攬功的聰明傢伙，沒有人知道你的存在，你如何？刻意忽略，算是被隱形吧？

鑠金眾口、一致聲浪中的噤聲呢？

你臥底，唯一知道實情的長官消失了……。

如果我們是庫瑪？我想，很多的我們已經是庫瑪。

◆

被消失。

消失是存在的證明，所有實體必將透過失去來應證自身。年輕作家白樵在他的小說《象人與虛無者》，用此反義辯證法寫著異種被消滅的故事。

西式高樓，翠綠樹冠，戰後重建十年的國家。領袖接受國際媒體訪問：「人權組織獲報控訴您逮捕並虐待同性戀一事您的看法是？」

穿棉質運動服，露出孩子氣的笑，領袖說：「你說的那個詞，我無法複述，那種東西，是不存在這國家的。」

小說裡的亞歷山大．赫拉托夫，從小照顧象人弟弟，當弟弟全身密集長成大小肉瘤，父兄們將他藏在一架被大火焚成烏黑的敵軍坦克內，有一天，從瀰漫排泄物與各式體液的臭得伸手不見五指的闃黑駕駛艙，像被黑暗吞噬似的，象人消失了。「他不存在，他們說。」小說從這句話開始。

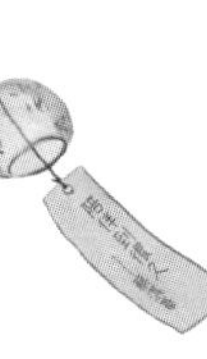

亞歷山大經歷同性戀牢獄慘無人道的凌虐，供出名單後釋放，他回家將整間房間與所有家具刷上一層又一層黑漆，關上燈，打開櫥櫃，把剩餘的黑漆淋在身上，然後躲進櫥櫃，闔上門。「噓，不要出聲啊，否則他們要找到你了，他對自己說。」小說從這句話結束。

◆

現代科技也已經在發明不被肉眼看到，連熱感應等探測機械也沒輒的全方位隱形。有一天隱形可以無限大。

那麼，被不知道，和隱形，之間是等號嗎？不重要了。等號兩邊無物，設問不存在。

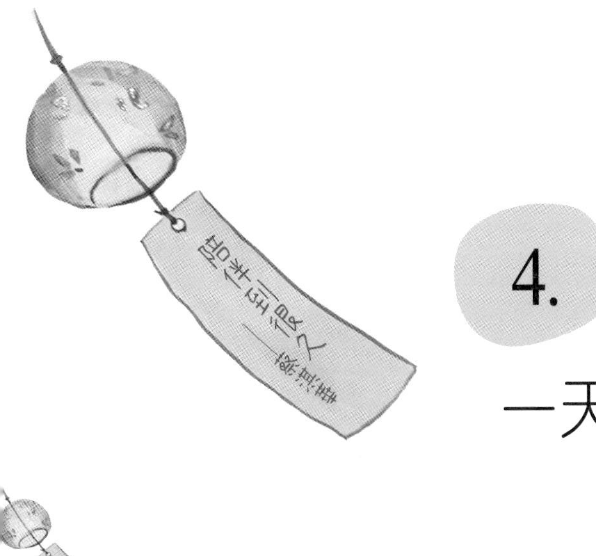

4. 一天

《愛因斯坦的夢》第八，時光雖然流動，但卻沒什麼事真的發生。就好像一天天過去了，並沒有什麼新事發生那樣……。

我的日子少有隨意改變的計畫，時光的流動很均衡。完成的事，就槓去，一天天，來與去。

閱讀完齊邦媛的《一生中的一天》後，我腦中會間歇性閃過這書名，去掉了書名號，成了實質的指代名詞，指的就是眼前當下我走著坐著認真的頹廢的沒事的有事的我的這一天。就是這一天，不黏不糊不漫不成一片，不見得具有關鍵性意義的，真實存在著的一生中的這一天。

沒特別發生或完成什麼事，也不是行事曆上的標註，是影音畫面底下你收手不去人為操作的時間軌，軌末明標著全長三分四十秒，或一小時二十三分五十秒……，那向生命時長早已註定的終點不停滑去的圓頭小游標。

一天感，原本籠統的落印開始變大變明。我是城市中人，這巷口那街心的看天地被各型款建築物突起物，以體、以面、以線條、以切角幾合裁切或填置，拉高維度留下不同比例不規則的空白給陰灰或淨藍，雨絲或雲朵，夕的霞紅與夜的月輝，而我是底部世塵滾滾裡奔忙悠閒大小順逆的微塵眾，然後，無論是何時在何地，一生中的一天，我被腦中這句話閃電一擊的當下，抬眼巡看六合八方的眸光突然轉速，流轉會較慢較遲，較深深，紅塵很貼身，時光又濃又厚，我滿抱虛空掂一下，吼，很有重量。

《一生中的一天》停印十多年後，於二〇一七年再出新版，輯一完整保留了原版，輯二新添加齊邦媛初入長庚養生村五年的日記，這段時空她在山村一筆一畫寫成生命之書《巨流河》。

書中同名篇章〈一生中的一天〉，記的是齊邦媛從臺大退休的那一天，那天天象從大雷雨到大放晴，她說如許壯麗天象，莫非是造物主用最強烈豐沛的語言在對她說：「黑髮與白髮是多麼渺小的瞬間萬變的現象。」

與她同樣身為教師，我心中一樣有「文學怎麼教得？」的思索，一樣會希望，將來學生們終會懂人生很多難題，二十多年前課堂上那些經典作品早已經告訴過他們了。和人交往也是，除了文字與演講，我很少對人羅縷細說我自己，日常簡化的語言有時只是憑添臆測與話資，所以，我總在等或也沒算真正在等，任隨時光拉軌有一天人們自己嘗過類經歷，或許自然就能懂。而這份懂與不懂於我的一生其實也一點都不算重要。

我是戰後出生的一代，公教家庭平凡順遂，後來經歷的許多失去，拉長時空回視發覺亦無非是生命的套路，比之遭遇戰爭痛苦的一代，身歷國仇家恨最有骨氣的一代，個人史疊合家國史的一代，怎樣我都只適合啞口而無言，即便一樣教職與文學，在莊嚴富厚對照之下我亦無非單一而純粹。然而《一生中的一天》所書寫的情誼與護愛，病與老，離去與選擇，全然穿越時空熠然映照我深潭一般的心靈，閱讀，讓我不孤莫過於此。

書中二〇〇五到二〇〇九年的養生村日記，甚或她二〇一一年離開養生村的原因，我想我應該都能憮然鳴應。人間世情是這樣的，面對很多人的好奇為什麼，通常得要用千迴百折後的最簡單去讓別人最易懂，然我是個細膩於過程的人，我會在她的日記中「今日在此，日漸有多些光明想法，雖然明知背後的陰暗面」、「每次從臺北回村，心中總有些淡淡的悲戚。但既已選擇孤獨，即須自解」……，這類從堅定邊沿偶爾流露的不隱瞞的矛盾，而感到一種低低靜靜的理解，或者我與她都是寫乾了一支原子筆芯會頗有成就感，「下筆之後，病痛，生死，竟可兩忘」的人吧，所以我也那麼懂她農曆年要到臺中「逃」五天，因為不願村裡園遊會似的圍爐，人不全然要隨俗一起製造團圓的假象，以及六年後她搬離養生村和孩子同住是「厭倦了在人堆裡行走」。是喔，朋友們嘻嘻哈哈開玩笑大概都聽我含混在話題裡嘟噥說過，完了完了，我這麼「孤佬」的人，老了還要去和一群人相處很麻煩耶……。

新版序中，齊邦媛用括弧說明，養生村這五年的日記，是「真正的一生中的一天」，一天一天，一千五百多個日升月落二十五萬字意志成書《巨流河》，一天，日記，壯闊或平淡的一生是被不經眼的一天一天串起的時間脈絡，芥子而須彌。

一生中的一天穿破書扉封面落入我眼瞳棲沉我心底，圓頭小游標在時間軌不停前滑，毋需大事記的完成與槓去告訴我什麼，好像也沒什麼新事發生，但我很愛擁抱虛空掂起的滿實感。

一天，去與來。

5. 功課——我看《深夜加油站遇見蘇格拉底》

從《深夜加油站遇見蘇格拉底》這部電影，我看見生命這本厚重作業簿其中的三個單元：戒律、挫折、自己。

1．電影的 44:50～53:00

「為什麼戰士要靠擦馬桶磨鍊自己？」

刷、擦、洗、作……蘇格拉底要求丹彎身屈膝，躬親操作枯索、單調、日復一日循環的生活瑣事，終於有一天，丹臭著臉爆發質問。

「戰士任何瑣事都能冥想，這讓你拋棄束縛，例如你的驕傲。」蘇格拉底這樣說。他在破丹的癮頭。

癮頭；慣性，不由自主重複某種行為的需求；驕傲、自以為是、插嘴、不耐煩瑣平淡……就是丹的癮頭，「感情用事就是白癡」，蘇格拉底追加這一句。

而最尋常的，最深切。

佛家故事裡，山山水水一石一垣都閃現開山、拾礫、築灶、耕種、打柴、磨石的僧衣身影，日常生活平庸的現實面貌下，蓄藏最多的精神力量，越基本越平凡瑣細的事，越具磨鍊性，越能見出真章，而體操明日之星自命不凡的丹，他連最基本的蹲馬步都撐不過五分鐘。

丹只冀望用訓練、意志力達成目地，他還不知道真正的達成，必定按部就班、講求次第，簡純、單一、素樸，躬身貼向最底處，通常就是蘊力最深厚的基本功。

深、細、久、遠、緩，修道沒有繽紛亮眼的情節，它周而復始、枯索單調，它是一種戒律。

佛陀第六名弟子耶薩是個美男子，他知道很多來聽他說法的女子都為他傾心，為了擺脫誘惑，他刻意過著簡樸戒律的生活。在這部電影裡，蘇格拉底要求丹：

別老問瑣碎的問題。（不要只講嘴皮上的話，往內心，說有價值的話）

慢慢吃，才吃得出滋味。（精細、專注、舒緩）

不准看電視、嗑藥、女人、喝酒。（清淨）

別再聽外界的聲音，傾聽內心的聲音，內省才能找到平靜。（不向外，向內，追求平靜，當內心的知者）

蘇格拉底刻意讓丹身處戒律單調，遠離聲色的生活，然後，丹開始發現一個修道過程的必然問題——他開始和自己的原本生活格格不入，不同，就是距離，戒律的生活讓他在自己原本的生活圈活像個怪咖。

另一個修道過程產生的必然問題相應而生——對自己選擇的懷疑。

丹對戒律生活以及蘇格拉底本身都產生懷疑，「你窮困潦倒到底能教我什麼」，「你一無所有，才說世人徬徨，萬物皆空」，而一如馬拉松賽的撞牆，最大的障礙通常來自成功的前一刻，百里路途的考驗往往就在第九十公里，像水妖甜美的歌聲，過去熟悉又比較輕鬆愉快的生活頻頻在呼喚丹，丹進入靈魂的黑暗期，但這可以是永劫不復的黑暗，也可以是黎明之前的短暫黑暗。

電影的丹回到過去的生活卻並不安然，書上的丹則說，他真的每天都面對繼續與否的決定，當他決定回到本來的生活，卻發現轉身的不再是原來的自己，走不過也回不去，「這才是真正的考驗」，他由衷的說：「請再多撐一小時、一天。」

戒律，堅持或放棄？很多人敲門，卻只有很少人進得去，但沒得商量，蘇格拉底說：「戒律就是門規。」

這些年，我一直走在單一不變的生活節奏裡，偶爾和朋友的溫馨聚首，是合奏齊鳴的華美樂章，但不出一、二天，我的心便按捺不住對那無數次重複播放乏味單音的無限想念，見了面朋友問我：「你很忙喔？」我總是篤定說：「是很忙！」我忙我的枯索、單調、一層不變，我忙於我自己的戒與律。

簡單的飲食、放鬆的呼吸、靜坐冥想、自然醫療……，丹在書上將戒律寫得比電影

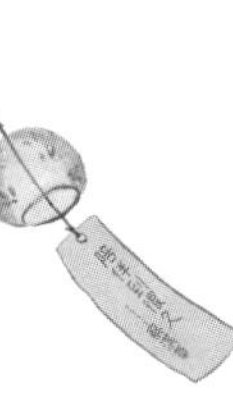

表達的更詳細，他確定蘇格拉底身體周遭總有一種朦朧的光輝，他問那光從那裡來，蘇格拉底說：「清淨的生活。」

2．電影的 53:01～01:05:40

挫折怎麼會是意外，它是一門功課。

丹痛苦著說「無法發揮天賦怎麼辦」，蘇格拉底說「凡事都有意義，包含這件事」，但那「意義」究竟會是什麼？「你得自己去找」。

挫折這門功課的意義，人人都得自己去找。

不只挫折，這段話甚且可以涵蓋人生所有的事。

我從不忽視失敗對生命的戕害，但我更肯定挫敗讓生命寬厚深邃，為生命增添你設想不到的可能性。經歷生命至痛，我一夕明瞭托爾斯泰這句話：「我只希望我配得上自己的痛苦。」

一場車禍讓一個體操選手雙腿粉碎性骨折，醫生宣告丹體操生涯的死亡，這次，強力的訓練與意志力都失效，他再回到蘇格拉底身邊。

丹的墜落與爬升，呈現的就是一場禪宗。只有真切經歷過二元對立，才比較能回歸那本然的一。

成功與失敗、風光與沒落、繁華與蕭條、擁有與失去、歡樂與悲傷、達與窮、炎與涼、生與死……，未經二元對立，不算整體全面，就尚不足以喻人生。

魯迅簡單說如果你經歷過家道中落，那人生的滋味你算是可以嚐遍了，曹雪芹寫《紅樓》那一把誰解其中味的辛酸淚，當然包含從盛到衰諸種人情的細節體會。蘇格拉底告訴丹：「你得先學會許多事，才明白當初是看到什麼。」

挫折是一道犀利冷冽的光，令人剎那清醒，促使專志學習；學習靈魂的跨越。這段過程並非找到生命的所有解答，而是讓人不再耗神費力摸索在紛雜的歧路，它不是到達，是一直在路途中。

丹是個固執於自我形象的人，失去體操等同失去生命，這盛與衰的二元際遇，逼他想死也逼他重生，更重要的是，他已經完全不同了。重返榮耀似乎就是這場挫折最完美的結局，在打上石膏的十個月後，丹的確做到了，但對丹而言，最有價值的獲得不再是他原先渴望的勝利，而是洗禮過的他可以於其中體認到的新意義。

遇到挫折，誰知道它是幸或不幸？

3．電影的 01:05:41～01:17:07

鐘樓上有兩個丹。軟弱或者該說原本的丹要跳樓尋死，另一個丹極力阻擋。

神與惡魔作戰，戰場就在人心，每一天甚至每一刻，我們的心也都有兩個自己的拉鋸。

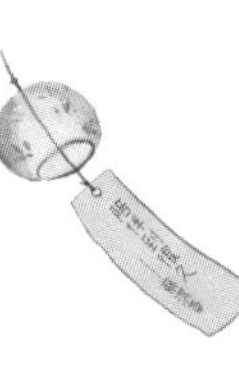

自己，多麼微妙的名詞。正、邪、善、惡、好、壞、自私、公義、勇敢、怯懦……，即便偏一絲絲而已，別人渾然不知，自己全都清楚。

雖然當我說「生命中最重要的人是自己」時，並非人人都認同，但我真正想知道的是「為什麼」？

為什麼你認為生命中最重要的人是（不是）自己？

我跌倒的時候，別人拉我一把扶我起來，我由衷感激並且終身不忘回報，也期許自己一定會是扶別人一把的人，但是，皮膚擦觸尖銳石礫撕綻扯裂的清晰疼痛，肢體曲扭失控的凝滯阻鈍，借助他力摸索配合微調角度無力中的使力，掙扎站起的各種施力，還有那跌倒瞬間電擊般錯愕驚懼與跌地後剎那的孤獨空茫，這些重要微小細節的撐持過渡，時光遲遲，一秒一秒格放，全都無前無後只有孑然自己。因為這樣，因此我說，生命中最重要的人是自己。

那你呢？

我並且由此體認，我們評斷別人的話語都不正確，因為我們從不知細節；我更該提醒自己勿輕言懂，我們真的不懂。

往來糾纏，險象環生，丹終於親手將丹奮力推下鐘樓，讓他粉身碎骨，「你才是我該擺脫的人」，他傾聽到內在覺醒的聲音，推落前丹對另一個自己說；光明與黑暗，過去與現在，他戰勝了自己。

和平勇士的第一層體認是放空，美國傳奇故事《巫師唐望的教誨》裡關於修行的一段話，我認為是「放空」兩字很具體的說明：拋棄個人歷史、去除自我重要感、抵達崩潰點，走上鐘樓的丹，無疑無法拋棄天之驕子的個人歷史，正走向崩潰的終極臨界，但這是一個鐵則，凡經過丟臉、放空、與自我陰暗面及恐懼交鋒等無情淬鍊，人的靈性才能獲得真正的滌清。

蘇格拉底說：「你得先發瘋，才能大徹大悟。」

人們常說自己就是最大的敵人，也是最好的朋友，而真正的朋友要知心，要當就得當自己內在的知者，有意識的去改善自己，人才能當自己內在的知者。

6. 我會靜靜讀你的心

——序《就是要開花》

1・詩有他沒我

我會靜靜讀你的詩，你的心。

收到小樣傳來的詩稿我這樣回。他一直稱謝。但他應該知道，詩非我所擅。第二屆臺灣文學獎，我是小說首獎，他第二名。評審後來透露，因為他的作品有一小段有一點小顧慮，幾經討論我才被 change 上去的。我曾問過他會有一點小惋惜嗎？他說，不會啊：「就那一屆，我同時得了新詩優選獎。」

詩，有他，可沒有我。

請我為他的詩集寫序，當然不會是為詩，是為心。

2・外星人

臺中文學館落成那天，我和他和嚴忠政活動結束後，一起要去咖啡館會蔡淇華。在車上說個什麼，他就笑，那種和喜歡的人在一起動不動孩子般的就愛笑。我記得我們在說余光中的「**翩翩，你走來／像一首小令／從一則愛情的典故裡你走來**」，我說當我出現在淇華面前，會不會是「翩翩，你走來／像一首元曲的你走來」，他就笑個不停。那一天，他們中不知哪位帶來一盒燭光原味雪茄，但我早就忘了許多細節，包含他們有抽嗎？怎麼抽？為什麼最後仍留一根雪茄在盒裡等等？

木菸盒上貼了一張禁菸圖文，有個人痛苦地雙手抓著柵欄（那柵欄明明是香菸），圖上印有一句警語：癮困你一生。不知他們中哪位在警語前貼上一張小白圓紙，上面加一個字，就成了「詩癮困你一生」。我們全在木盒上簽了名，還有人，信手在盒上手書詩句，將四個人的名字全嵌了進去。

很多年前的事了。再來，我們就各自領有自己的風雲與江山，四人不曾再全員到齊過。木菸盒仍收藏在我家，上頭的簽名是那種猛然收起玩心寫字，眼珠有點成鬥雞眼的那種專心，筆畫留有那一天的心情。

那天車上，另有個話題是「地球上的外星人」，行禮如儀人模人樣，卻拗怪在骨子裡，和地球人始終有著自己才知道的說不出的格格不入。這是當時同處一車風貌大不同的我們三人身上的，最大公約數。

後來，我私自認定且無可撼動，要論排行，最外星人的外星人，會是小樣。

最多情、最多感，神經末端纖維最敏感，最讓人即便沒認同風格也會因看在眼裡的他的執著認真，而無法置一詞。

幾次新書分享會，平日外星人的我，不免也明擺著地球人銷書的意念，那次他的新

書發表會，拿起麥克風第一句，我聽見他真心在對大家說：「我不要你們買書，我很想和你們說詩。」

聽詩人說自己的詩，一向是我認為的幸福事，尤其小樣總能說得分外清澈分明，但無論出書不出書，不說實力或虛名，他還沒學會嗎？地球人要看且看得懂的，只有數字。

他住大肚山上而不開車，無論到任何一個現場，都是一段輾轉而遙遠的路途，而他常是最不喧嘩的存在，最忠實的在座，從不交代或表露任何過程，該在的時候他就在，我老是記得幾次在我的主場，常是說著說著突然掠眼，小樣就坐在那兒，觀眾席偏邊的一隅，孤孤靜靜的，聽得專注，結束，他就再走回那一段輾轉而遙遠的路途。

他自己的場子，還沒開口呢，整個人的誠懇真摯就款款盪開滿室，而他為別人的場子當主持人的時候，唯詩人才能呈現的內涵風采包裹於幽默機伶的語言裡，讓人幾疑自己會不會上錯星球看錯人？噯，是平積厚蓄會讓人真正豐富嗎，還是豐富才真正懂得如何平蓄且無限鋪展？

有一年，我以崇倫公園（今改名半坪厝公園）裡殉職消防員陳俊宏的銅像為引，舉辦了一場以詩歌音樂向生命致敬的活動《三月驚蟄》，小樣不但為之作詩為歌，並且親自演唱，在他盪氣迴腸的歌聲中，全場大淚崩，歌聲止了，好多人猶頻頻在拭淚，當時在現場的人說，這股感動迄今仍無可超越。他獻詩歌給一九九五年殉職的陳俊宏小隊長：那時你二十四歲，現在差不多也快過了二十四年，你還是二十四歲。

火　伸出爪子
愛　就開始起頭
不怕烏雲罩頂
包在玄鐵裡的心
終於有了一點溫暖
……
在夏威夷清涼的天空
我們知道愛有另一種寫法
鋼鐵也可以融化
何況紀念的青銅
（輯伍〈愛的另一種寫法〉）

生命這麼倉皇短暫，這麼值得被深深靜靜的理解，卻又這麼輕易就要被時光捲滾淘洗而去，只有文字能捲舒如葉，似舟掬起，乘浪尖讓記憶起伏流轉不休止，不只為陳小隊長，小樣以詩成籍，對這一整場抓不準的紅塵人世，告白他愛的另一種寫法。

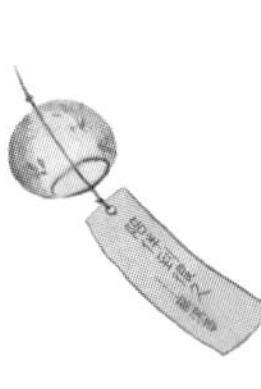

單向，是小樣，他種下的，發穎的，長葉的，不計一切就是要開花的，都是詩，他就住在詩裡。但小樣又是複合的，揉合天真與深心、正義與抒情、謙和與自信、才華與境遇，這在地球上，他可以自成一款美學系統，但若食指伸向外太空，恐怕會接收到更強烈的波頻回應。

3．參照系

我最喜歡書中輯貳〈曾經綠過〉。

曾看過影片裡，地球人和外星人外表談吐完全無可分辨，唯一的可檢驗是，外星人的血是綠的。但小樣的血，是火熱滾燙的地心紅，輯貳裡的血，尤其是風乾帶褐，再澆上熱鋼汁的赭紅。

只有地球人才真正能懂地球人。果汁機裡無法消化的靈魂的渣滓，無限膨脹扭曲的野蠻冷酷和荒謬：戰爭、軍事家、政客嘴臉、閱兵、軍人公墓，真理如同積木，和平的情婦是核子彈，在歷史裡禿鷹比鴿子還忙，子彈比蛆蟲還忙，正直等同悲哀的傷痕，只合千百年後為同樣寂寞的人取暖如炭……。

而頭一別，眼眸立即柔而沉，他用帶痛的敬意寫微小蒼生，〈礦工〉的命題是「**奮勇向最低層挺進吧！只要輕輕觸摸到死神黑色的衣角　孩子們就有牛奶喝**」。軍人公墓昂仰的墓碑仍然「**挺著大理石的胸膛，用它們陰刻的名字，向將軍致最高的敬禮**」。而

「（偌大的世界，只要還有一個人相信我）對於事實與真相之間的距離／我感到一股無法言喻的猥瑣與茫然」……。

值不值？又怎樣？奈不奈何？強權拆穿諷刺的犀利一如對弱者生之卑微艱苦的慈悲，都是用情至深，對這人世，不是嗎？情感愈真者，悲痛愈深切。

「這世界有許多東西不需要說明／螢火蟲那樣亮著／就是不忍星星們失去一個／人間的參照系」（輯壹〈隨想九行〉）。小樣終究是地球人，他是外星人留在人間的一個參照系。

4．潮濕灰

本然，必然，當然，我們都是正港大範的地球成人，與世那一點格格不入算得了什麼？我們總能喬出相容相合的角度讓外表一點都看不出敨卡。多年前車上那一段對話？噯，童年嘛。

小樣看待生命，那苦生與苦死，苦老與苦病，苦永遠償不了的愧歉，苦在心底綿綿細細的纏絲，我全都低眉斂目合十相應，唯道一字「諾」，在人世深連結的網絡裡必需再三切割，詩人一語就道盡我生而為地球人最全最終極的感悟：

我已無限縮小人世的規模

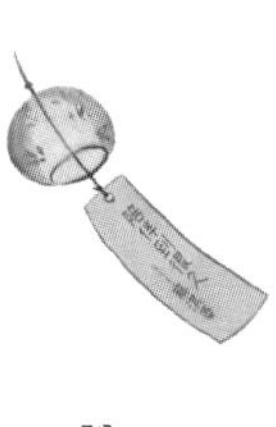

為了一種難以知解的天寬地闊
——無母無父而
一人孤哀
（輯伍〈我已縮小人世的規模〉）

他的父後母對年，我這一路人生的語不竟意不盡，懵懂世人們那些夢醒的怔忡，彷彿的依悉，恍恍於可感與不可感邊緣的那一大片潮濕灰，都在他的詩裡俱全。文字讓被想念的人全復活了，從遺照走下來，反身回走，我看著小樣父親的背影，走過多雨的暖暖，走到郵局那條街摸摸口袋裡放妥當的那枚印章，走過一畦畦水稻、番薯、荷蘭豆、玉蜀黍，走過戴起老花眼鏡慎重讀兒子詩集的屋子，走過獨自斟酌二鍋頭的客廳，走過絲瓜黃花攀牆的老家廳堂，走過異鄉、走過月臺、走過夕陽，「**青澀的十四歲便認識了兩百公里外的月臺比福興鄉社尾村到天母唭哩岸路途更長的長工**」（輯四〈歸藏〉），骨節不鏽、腳不腫，沒插管，他走過，走過，走過，經誦滿天……。

地球真是全銀河宇宙，最美麗也最感傷的星球。

5．浪漫五柳

《就是要開花》全書最浪漫的，該是書名本身及輯頭詩的五幅附圖。

圖很美，詩人以之註記永恆的五柳，先生不知何許人也，唯柳下堆花以成詩。擅長美食書寫與繪畫的林乃光，看見高山生存條件如此惡劣，山壁駁坎任何角落縫隙，卻都有微小的植物不僅堅韌的活，並且就是要開花，乃光為這椿「不起眼卻意涵著偉大生命力」的存在並綻放而感動，以油畫設色敷彩，小樣以圖以植物名發揮詩情共鳴應和，這二人，情與誼相重相惜，畫與詩合韻並美。唯一的水彩人物畫，一點都不違和，那也是一段「就是要開花」偉大生命力的故事。

得獎、出書、上文學地景電視節目、主編兒童文學刊物……，這些真是地球人價值體系裡的花團錦簇了，小王子是在地球上的外星人，心中只有B612星球的一朵玫瑰花，小樣也是，他只心繫五柳宅邊樹，以筆耕鋤以筆為杖，日日還要習佛與修禪。

那年的雪茄盒上還有一首詩，我早就不記得是誰寫的：

一首唐詩　在菸頭
掙扎燃燒等待被我釋放
記得那血一樣　小樣只忠於詩人的專政
友誼似德，灼灼其華
我要將你的長髮剪成宋詞

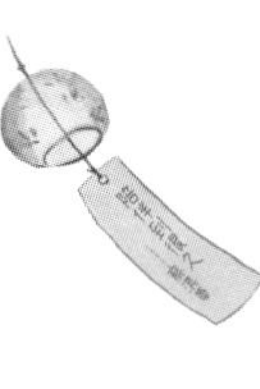

因由寫序所需才揭曉，原來前二句是小樣寫的，三、四句是淇華，最後一句不會吧竟然是我。這世間需要很多故事，帶玄傳奇翻轉的才神，這首詩，完全沒能成就誰，只靜靜塞在歲月的角落，自己守住一個偶然的即興的午后於被遺忘的邊緣，能將沉默往事細細記取，揭曉這首詩的，當然是小樣。

7. 心的位置，新的移動

1・生命終究難捨藍藍的白雲天

生命終究難捨藍藍的白雲天。我在校園談文學與教學，每每用這樣的開場白，那好久好久之前的中文系，手抱著《史記》、《離騷》，還有一箋夾在扉頁中的詩的情語，青春的我們從散逸淡淡荷香的文學院草坪笑著走過。

然後，成為國文老師的我們，集體逆向而去。

很多年之後的今天，我們以為的兩極走遠竟然弧彎成地表，地球是可以走回原點的圓，是很多人自己遺忘了荷香夏日詩意的水紋，藍亮天空勻滑的質地。

教者，編者，作者，回歸本然初始，我們是否仍是迷戀文字、信仰文學的人？

2・選擇的背後，呈現的是一份視野

讓我現身說法，從差臨門那一腳就能成為課文的二篇敗部文章談起。

我用第一位黑人美國小姐凡妮沙・威廉絲當開頭，

說她因曾為《閣樓》雜誌拍裸照被取消后冠，後來她挺直身軀，走過是非風雨，用才藝歌聲證明自己，從壞女孩到歌壇瑰寶，凡妮沙說：「**我不是壞女孩，也不是好女孩，只是介於其間的尋常女孩，我最大的錯誤就是——不會說不。**」這篇文章叫〈解讀「不」的真義〉後改名〈勇敢說不〉。

文中我分析難以向別人說「不」的因素，並這樣作結：

「**你看反毒的宣傳手勢多麼有意義：推手向外，勇敢說不；反手向內，保護自己。**」

可提點、能引領，既可讀又可教，這篇文章的切實性，讓第一線教學、帶班的老師一致叫好，友情該是你跳我也跳、一念就是一生的現世警惕，活生生演示著青少年色厲內荏的心靈。但國立編譯館沒讓過關，因為《閣樓》，以及凡妮沙的負面例子。

〈月餅禮盒〉是一個老兵及他二個智障兒在我眼中的真實看見，他們天天在城裡魚貫行走：「**循固定路線，持既定秩序，只為曬陽光、只為到戶外、只為應散步、只為父親可以為兒子這樣做，他們就固執地在炫爛街景走出一抹突兀而安靜的蒼灰。**」我和他們唯一的互動交集是中秋節那天在公教福利中心，我看見那位爸爸在禮盒堆中，遠覷近看、再三比對、重複拿放的挑揀，後來選了一盒最價廉量多的蛋黃酥。結帳時候一段簡短攀談後，我發自肺腑的對這位老兵父親表達敬意，說完「給孩子們過節吃」的同時，迅速將一盒禮盒塞在他手中便轉身大步離開。

「那是適才他細心比價挑選的月餅禮盒中，物較貴，質較美，曾在手中摩挲最久，放下時最猶豫難決的那一盒。」

有老師說了一句：「這不是在施捨嗎？」這篇文章就被拿掉了。

我真想問：「那，怎樣才叫做不施捨？」

有人著眼《閣樓》是成人雜誌，凡妮莎拍裸照；有人認為細微的念頭被攤開來說，能讓正念加碼，不，是生命中最該被提醒的字。

有人看見的是給一盒月餅；有人知道，唯有進入與自己不同的人的內在去看世界，才能有真正的理解、同情與幫助，這社會因此才能臻至真正的成熟與文明。

生命深邃複雜多切面，選擇背後呈現的往往是一份視野。

正向積極是教育唯一的面相嗎？生命本來就是善與惡交握的複合體，正面是一種防範覺察的角度，反面就不夠深刻真實嗎？

資訊如洪水，也如毀城的怪獸，網路、動玩、漫畫、交際皆異色化的今天，要與生活的實際面落差到怎樣的地步才配稱做是課本？

贏總是被強化，逆轉勝的故事才是主流，課本敢不敢教如何處失意、看失敗？敢不敢教如何從鎂光燈聚處移轉，看向黯淡的角落，在失敗者的背影看出高大，在頑強的對手身上看到可敬？

海賊王至今仍在海上，課文年年都在一道道闖關，而時空座標不斷位移，普世價值似是而非，課文取捨真善美的大方向當然無可動搖，人，最適切的關懷，無論如何都應該是永恆的傾斜。

《心理師的眼睛》書中有一句：「心的位置有所移動，就會看見新的視野。」

3．什麼是經驗，讀了就是經驗

文類多元、題材多樣成為教科書現代文學選文的走向，科普、報導文學、武俠小說、外國文學都已在列，形式已可以應時百變了，選文常聽到的聲音是——符不符合學生生活經驗。

郭強生的〈失去的預感〉，一千多字散文，生命議題涵容度到了極大，只是寫自己母親而已。這是我最近讀到最感動的文章，病者無聲的痛與堅強，家屬沉默的負擔，所有人與病搏盡全力的束手，「活著的人都只是低著頭默默在推磨的一隻牲口」，死神腳步靠近，凡常庶民，通常不能有什麼精彩演出，不知該做什麼、能做什麼，父親照常開會，自己還是去上課，病人自己扶牆走倒水喝，將生命的逼真寫到白紙的白的地步，下一步難料，你伸出腳了，就只有踏下。

他告訴病重的母親：「我好害怕。」母親過世了，文末他以「我卻忘了問她，那你怕不怕」結束。

連「怕的會是什麼」都可以討論可以教，生命中不同的怕、不同角色的怕、說得出說不出的怕、有理由沒理由的怕，但我知道這篇好散文絕對進不了課文，連題目都不討喜。因為，與學生生活經驗相差太遠。

生活是一切感覺得到的物質與精神的總合，經驗分直接與間接，正發生的，過去的，以及未來的。學生的生活經驗是什麼？熟悉是經驗還是最輕便的託詞，共鳴只在第一眼沒有更多的可能嗎？

〈從溫州街到溫州街〉應該不存在中南部學生不知道溫州街，學生不知道臺靜農、鄭騫是誰，二位老先生的友情太老套這些問題，〈國葬〉不一定要去強調新世代一點都不關心的戰史，它可以輕輕拉開一個非提醒不可的大時代，並大大翻掀一下人與人的相待，〈與荒野相遇〉是人與大自然相依偎的溝通密碼，心靈最終需索的方式。

經典，禁得起一讀再讀，隨時空不同還能不斷產生合時宜的新詮釋，有一種抽象的東西叫意義，它即便黯淡了也不會斷裂，生命本質性問題的了解與提醒，越早當然會越好。

什麼是經驗？讀了就是經驗。

4．被考驗的，其實是迷戀文字、信仰文學的你

備課用書、教師手冊資料過爆，各式教學配套悉盡傾出，遠去了獨自備課自製教材的年代，這些市場競逐下的客製化服務，看似一書在手便可以照本宣科，提供教者極大

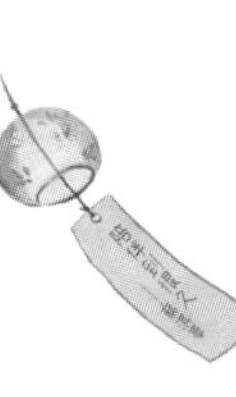

的方便，其實教師所面對的新考驗才是空前，太多隨手的可用模糊去最有價值的可用，教師淡漠去了的，是感動人的力量。

多年前去聽廖鴻基談海洋文學，會後一位老師提問，沒有一點海洋經驗的我們，如何教一堂精彩的〈鬼頭刀〉？何必一定有任何近海遠洋經驗，廖鴻基回答：「上一次市場，認真去和魚販對談，你就能上得比以前都精彩。」

所有資料都是編者整體思維的詮釋及提供，那是外塑，教師自己更要具備的是消融取捨資料的功夫，甚且與教材之間擁有私我的、個人化的小小交集、重塑，那堂課才會是新的活的亮的，才能有動人的可能。

尤其這二年，學生成為課堂的主體，提問式、翻轉式教學蔚然成風，課堂已漸漸起了結構性的變化，專業知能之外，教師面對知識力、對話力、回應力、規劃力全面性的要求，可借助的資源更多，個人特色的凸顯反顯重要，教師從講臺走下，立點卻必須創下新的高度。

文學回歸閱讀理解的本質，不再被僵化細碎的考題所制約，迷戀文字、信仰文學的人，在地表行走，走回藍藍的白雲天、依悉的荷香迷漫，因由身為國文老師，不斷移動的心的位置、新的立點，終究任重而道遠。

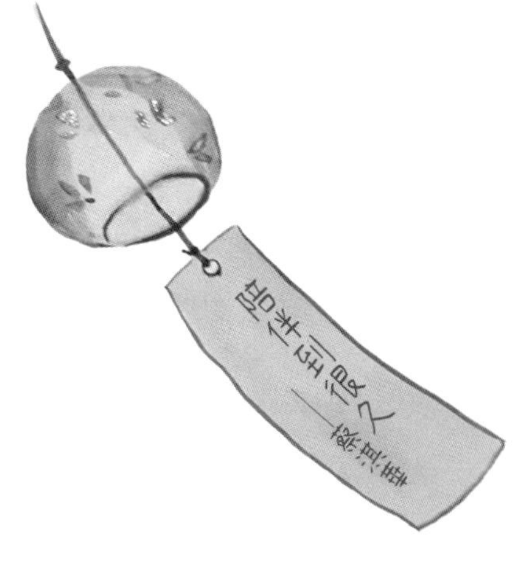

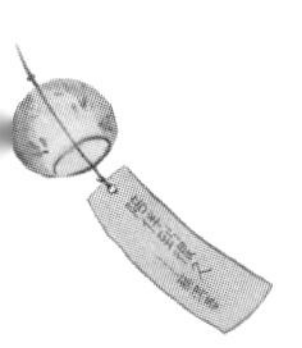

8.

梅川長空劍氣橫

——特訪鑄劍大師陳遠芳

1・梅川初晤

「被嫉妒的感覺很好。」

主人指點我，可以用「手工刀」關鍵字看一下關於他的評價，並且說「負面聲音不少喔」。我順勢問了第一個問題：「那你如何面對對你的負評？」他便如此回答我。

「那證明了你的位階。」主人繼續說：「做不到的人，否定難的技術和高的境地。」

我想起韓愈探究毀謗的根源，怠與忌。

「現實加事實，表現達到一個極致境地，別人做不到。」主人說。

至於生命歷程，任誰都要問到成功的原因，這主人是這樣回答的：「技術面，靠努力，」再一句：「但天賦，是與生俱來的。」這我懂，所以，努力的盡處，最根柢無法跨越的，在天賦。

「人才或任何事，就是要放對位置，」這話語重心長了些，然後，他笑著說自己：「沒有傘的孩子只有拚命往前跑。」

言談中，他突然看向門外市街，眼裡立即泛起興彩笑意，梅川邊有一排停車格，他眼神沒收：「我朋友來了，他在停車，黃吉正，陶藝家。」

經得起別人不認同的看法，坦盪中還帶幾分霸氣，看見好友眼神立馬變成小孩，這主人，他生命中一定有大彎大轉的故事，一定專業位階高而分明，一定，內心藏有一個調皮小孩。

金工藝術家，臺灣刀劍鑄造師──陳遠芳。

2・完美的平衡點

進一步閱讀許多臺灣刀劍鑄造資料後，才發現當代刀劍鑄造已臻工藝美學，卓然自成一門秀傑的藝術。

親近陳遠芳刀劍金工藝術坊後，我不動聲色的，不停在心中大幅移步走位，在重新調整尋找，與刀劍之間前所未有的新距離。

金工、鐵工、木工、皮工、漆藝、繪圖、設計、力學、美學、想像，刀劍鑄造涉及各種技藝的交互運用，技法繁複且充滿各種步驟與細節，是多種學問以及多重技藝的結合。

鑄劍大師陳遠芳作品。

於工序與技藝，陳遠芳強調的是耐性與方法，單一技術不夠，能跨領域結合，創作的可能性更大。使用D2、M2、ATS、鈦合金等等現代鋼材的他，從未否定傳統，只是鑄造鋼已過時，現代高科技材料，只要善加利用，就能如魚得水，相得益彰。至於手工部分，光是「刀劍呈鏡面，花的時間精神無人可體會」，所有你可以想像的耐性全加總，於刀劍鑄造過程中，「剛好而已」，他說。

我看陳遠芳的作品，作工精細講究之外，材料特殊、型體、線條、裝飾、配色都別具吸睛的迷魅力，珠寶、貝殼、金屬等等異媒材的鑲嵌搭配，散發美學深邃的涵容度。一加一要大於是二。創意美學與想像，在父兄也無法移子弟，除了左腦、右腦均衡且同步發達的整合邏輯外，一定和被淬鍊、造就過的生命經驗相關，甚或，這根本就是山一重、水一遭之後，最純粹天然的，自己原本的底氣。

好刀劍，刀顎離平衡點，絕對不可以超過兩吋，陳芳遠當場拿起一把劍，邊說邊做示範。一定要做到完美的平衡點，他強調。

那麼，如今我們在他身上盡見達人的風光，他人生的成功也需要失敗來平衡嗎？記得他曾說過：「成功不是，失敗才是必然的路。」

網路上他用的文字大意是：欲知風雪的意義，去詢問松，去詢問珍珠。

陳遠芳大師作品。

3・他的腦子會發光

作品被選為世界五百大名刀劍的臺中大墩工藝師，說自己是過動兒，腦停不下來，手一直動作，「找方法，找工具」，觸類旁通後，凡事水到渠成。

別人年紀越大，越沉寂安靜，但這老頭子永遠像年輕人，滿腦子創意越用越出，好友黃吉正在一旁如此追加，並直接用了四個字形容陳遠芳：「鬼頭鬼腦。」

好友，最使人顯形，陳遠芳與黃吉正笑語相

對，那麼，你有特別感謝的人嗎？黃吉正替他說了：「他謝天，謝地，謝老婆。」

迷刀劍的小孩，撿到斷刀一心修復的年輕人，臺北繁華大都市珠寶商，事業大崩垮的落魄人，初創業默默無聞的鑄劍師，刀劍不易生存的零收入者。陳遠芳零收入那十年，個中滋味不足為外人道，仗的都是妻子的一路相伴與扶持。

而魯迅是這樣說的：「有誰從小康人家而墜入困頓的麼，我以為在這途路中，大概可以看見世人的真面目。」

陳遠芳是有過冷暖艱辛，於是現在「全世界再沒什麼難得了我」。

榮華都是煙雲。人只要健康就好。無求於人，看淡一切。做好我自己。極端難成大格局。名聲，最好從國外傳回來，世人知道了，買家收藏家自會來。大的買家，外表通常很樸素……。

這些不是空話，是他平衡過的豁達。這一生，你服誰？他說，我太太。

我也問黃吉正，當陳遠芳朋友的感覺？真心，黃吉正答，然後笑著說，最大的好處是：「他會對我說『這把沒賣出，我送給你』。」

其實，友情可以很具象，鬼頭鬼腦真的很見真章，這些年，陳遠芳與黃吉正聯手，將刀劍工藝技術移植到陶磁茶具上，讓茶道柔中帶剛，陰陽兩極般的平衡：

「刀劍，很陽剛，泡茶是很溫柔的動作，我何不利用我在做刀劍的工藝技術，做茶具上面的演化。」比如他將做刀柄的技術，接成茶壺的把柄，把一些鏤空的概念，展現

陳遠芳大師用刀劍工藝技術移植到陶瓷茶具，讓茶具精緻化。

到茶具上，獨門技藝就別出心裁的成就協調之美。

可看又可用，陳遠芳說要打造茶具界的ＬＶ、愛馬仕，讓茶具精緻化、整體性。

陳遠芳刀劍得獎紀錄很多，近幾年於是還添加茶藝獎項。他擅長轉化，於新與舊，這與那之間，莫怪乎黃吉正要正色起來這麼說他：

「他有想法又能去實踐，他腦中裝的是舍利子吧，會發光。」

陳遠芳，用實力續航實踐力，用失敗豁達了成功。

4．川上有真氣

就像一把劍，你可以只驚豔它湛然的絕美，也可以知道它鑄成的身世，陳遠芳身上有教你致富成功的條件，但他也不簡化連結著的艱辛過程，得志時大氣，易見；低谷時，有大不了賠一棟房子的氣魄，難得。所以他才會世故又天真，也華麗也簡單。

什麼樣的人最有資格說：「面子、裡子分清楚，日子就好過？」當然是陳遠芳，因為他成也大氣，不成也大氣。

如果你也感覺梅川天空有些不同，我想，應該是那兒總有大氣沖天霄，劍氣凌青雲。

9.

拉一片天空到你面前

他和琴音一起高大

第一次聽他演奏是在霧峰，阿華師茶業的門市。大家恰巧來喝茶，相識怡然，他即興一曲。

我不特別喜歡或不喜歡音樂，小提琴似乎是我不特別中的不特別。倒是很記得張愛玲說她最怕小提琴，「水一般的流著，將人生緊緊把握貼戀著的一切東西都流了去了」。

但他一演奏完，我沒思索脫口就問：「你們阿華師這空間有特殊設計過嗎？」

樂曲繚繞感如許分明，在屋宇彎旋悠遊又扶搖，薄薄的陽光從高處氣窗透灑，音符遂金金的，帶出一屋子的空靈。

「我從沒聽過這麼好聽的小提琴曲。」雖然，對音樂，我是那麼的不特別中的不特別，也不禁由衷說了當下最飽滿真實的感受。

阿華師這空間沒有特殊設計，當天小提琴家演奏的是貝多芬〈小提琴協奏曲第一樂章華彩樂段〉。

在臺中大里基督教長老教會主日禮拜，我第二次聽他演奏，他擔任司琴，休閒衫、牛仔褲上臺，微揚肩，琴貼脖，演奏帕拉蒂絲〈西西里舞曲〉，以及帕格尼尼的〈優美歌聲〉。

我座位的某個視角，見他略轉身微壓肩的側影，拉弓模樣溫柔堅定如呵如護，宛若在款款訴說他對小提琴比海還深的深情。不就像個鄰家大男孩嗎？文文的，很瘦，話不多人不熱，神色偶有一絲小靦腆，和我自己察覺到的，他和這俗世有一種不驚不動的違和。可是一上臺，布衣素服而已，他和琴音可以一起剎時高大，連背影都能散發出專注的魅力。

要確切見識過他臺上這一幕，我才能懂後來他說這段話時，眼睛為什麼能調光似的，一度一度加亮彩，他說：

「一把好琴，在不同人的手中，發出的第一聲音，就決定了音樂家與琴之間是運用，是占它便宜，是利用，是合作，或是，分開時彼此獨立，一相遇便渾然融合成一個新的存在，新的身分。」

林德培，留歐小提琴家，一九九一年，出生臺中大里，二〇一三年留學比利時，二〇二一年九月，將於臺灣北中南演出三場音樂會。

唯一的鍾情與理解

原本已排定的二〇二〇年演奏會，因COVID-19而取消，二〇二一年這一場，也曾考慮二度取消。疫情中演出需多方調整考量的現實因素太多，是不是該再為於臺灣的第一次殿堂級售票演出，等候另一個吸潮聚光叫好叫座的最有利時機？

他說他唯一鍾情與理解的只有古典音樂。

而在這樣的時刻，「透過自己的實踐，或許可以為別人帶來激發想像的正面例證。」

我想我的感覺沒錯，那和俗世的不驚不動的違和，就在這。

近二年，他學等待，於變動中不變。「音樂和人生一樣都是成長的過程，很多事不可急也不必怪罪，人們習慣將期望和寄託放在外在實體，但那是里程碑而已，不是主體。」他的不可急也不必怪罪，不帶妥協，不是寬容，是順勢前行不費力推阻的自然而然，所以演奏會是他人生的一個里程碑，那麼，他所說的主體會是什麼？

二〇一二年暑假，他在奧地利薩爾斯堡參加音樂夏令營，大師級小提琴家**Liana Issakadze**因他追根究柢的精神，稱讚他「音樂的沉思者」，二〇一九年他參加馬友友廣州音樂節，擔任第二小提琴首席演出〈布拉姆斯雙重協奏〉，馬友友讚美他「琴聲與靈魂的完美結合」，但他提到時眼睛會笑笑亮著的，是到歐洲的第二年，他開始每個禮拜天在教堂和管風琴師一起服事，琴聲裡彷彿有神的印記，撫慰著人們的心，牧師和教友們說他的琴聲有「溫度、亮度、彩度」。

他一直銘記在心，當時德國駐比利時北約大使夫人 Eve Lucas，會邀請他去外國使節的宴會場合表演，並且告訴這年輕小提琴家，身為音樂家第一不要取悅別人，第二不必擔心別人的阻礙，第三對音樂的同好者，要能成全。

主體，自己該有的樣子

演奏中的他，深刻清晰，對話時的他，恐怕得加一點傾聽者的本事。他在音樂的領域話語遨翔，氣流、風速、懸停、盤繞，忽而水平移動，忽而垂直移動，全然的無保留的想將一整個天空都拉到你面前邀你同飛，你縱然飛不起來，也很能懂他的天真赤誠。

有時，我很想以老於歲月的過來人對他說，美好理想拿來現實運作總會卡卡頓頓的，浪漫的嚮往是可以的，恐怕也要修鍊健康的幻滅，人生如夢，幻質匪堅……，但當他眼神定定的對我說：「成熟需要時間，成熟才能跨步，才能產生新的選項」的時候，我將我到咽喉的話，呼嚕呼嚕的又吞了回去。

「那，是你的際遇，促成你現在的所有認知嗎？」當聽完他說到一場孤絕的大創痛後，我問，他卻忙不迭搖頭，確切篤定的說：「不，不，不！人生際遇和自身價值完全無關。」

他所說的主體，我明白了，是價值信念，生命中最無法逃避的實面相對。關於理想與幻滅，還需我開口嗎？所有精神的物質的成敗得失有無，都是外在依附，非關本體，他所說的主體是，自我，是自己該有的樣子。

是受困讓我明白更多，影響我生命的向度與情感的質地，我是從所有成成敗敗的選擇，返身才照見自己的信念價值。但林德培不是，他左邊的那一方有荒蕪有榮盛，右邊那一方，只有古典樂的美與恆光，他從古典音樂找到觀點，讓他將世界看得清晰，甚至，他自己就是古典音樂，古典音樂就是他。

活出本然該有的樣子，我作主，我自由。

價值與永恆

為九月的巡演，林德培早已進入表演的狀態，專注的心，精細的處理，保持高能量，日子看似安靜其實沒放鬆。

「如果說莫札特的音樂是來自於上天的賦予；貝多芬則是嚮往天堂的自由；舒伯特是人世間的柔軟；史特勞斯則如同光，他以豐沛的情感和才華，走在時代尖端，帶領人們穿越光譜。」

演奏會內容有這樣的介紹。訪談中，他再對我解說，這四位音樂家的不朽，以及他們的登峰音樂又超越音樂的一種不全然外顯於音樂線條上的美感。「而這些是兩百年間

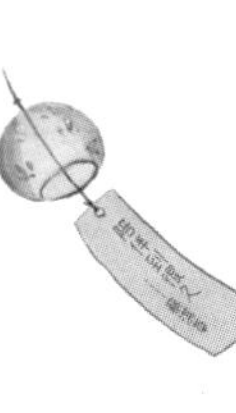

最重要的二重奏。」指點我看演奏曲目時他這樣說。

我感覺到他嚮往仰慕的是這四位大師既屬於自己的時代，又能活出自己的風采，並彼此銜連出一種天與人之間的新意義，那行程、運轉、節奏一如大自然四季與宇宙，生命就在這流動的韻律中，自我調節，訴說著屬於自己的故事。「是的」，他說，「這四位大師透過音樂，於不同時代呈現出自由的價值。」

這次演奏的主題就是：自由。

而一生古典樂，實在的活，調節中找到自己的步調、能力與判斷，就是他該有的樣子，他的自由。

走出店門，天空剛好放晴。我仰首看一眼悠敞藍亮的長天，帶著安靜微笑的心情，剛與我道別，反向走遠的那個年輕人身上，存有我們自己已遠離了、作不到了，不時也會編派那些東西沒實效的同時，卻仍希望有些人能堅守的美好的價值。

附記

林德培小提琴演奏演出曲目

- 莫札特：小提琴奏鳴曲，K. 379
- 貝多芬：第九號小提琴奏鳴曲
- 舒伯特：C大調幻想曲，D. 934
- 史特勞斯：小提琴奏鳴曲，作品18

10. 記憶趕得回去的地方

時光走過留下灰燼，如果一定要從灰裡扒出不滅的東西，我認為應該是美食小吃。

美食小吃是個人記憶的深海沉船，情感的高精密衛星定位，是一座城市被註記的印象符碼，而這句話，我想幾乎算是人類最共通的經驗值了：味蕾總是吮留生命中的美好瞬間。

紅茶、肉包、滷肉飯、菜頭粿、糯米腸……，第二市場的著名小吃，推薦、必吃、銅板價，網路上風風火火琳琅滿目，而或中餐選用地或下午茶指定點，臺中熱門輕旅行中的舊城區散步，無論古蹟路線或美食路線，雙線交集點都必在第二市場。

外觀有現代彩繪設計，內裡是百年紅磚、木造結構的六角樓，賣的是瑣碎日常，攤位卻整齊流暢，仍如許戀戀舊時光，卻也走向新穎吸聚，這個市場既是生活也是景點，保留傳統之餘，也能增強觀光實力。

在新與舊之間調移著無限大的平衡張力，這種本事，對一座傳統市場，是可以重生不墜的理由，在一個

人身上，能自然散發無邊界的魅力，那麼，它若成為一個商家的經營信念呢？

第二市場人氣滾滾的三民路二段這一邊，騎樓桌椅休閒臺中風，紅男綠女自在飲食小世間，其中有一家小小店面，老靈魂新皮骨，全然呼應著第二市場的歲月不敗風格——甜品飲料店小庭找茶。

小庭找茶在豐原是老店，二〇一八年開張臺中第二市場店。舊木窗、木櫥、木桌椅、木書架，彈珠檯、撥盤電話、老腳踏車，舊日常小物……，主商品賣的是梅煎茶、杏仁茶、凸餅、粉粿這等阿媽時代的吃食。

山楂、洛神、烏梅、甘草、陳皮熬煮十六小時經歷五道工法。剛泡好的茶，得在二十分鐘內急降至十八度以維持好品質。凸餅，是臺灣文化層級的百年小吃。而這家的杏仁茶，絕不撲鼻，入口後的特殊淡甜要由舌尖去啟動嗅覺的嬝嬝香氣。至於豔色欲滴的粉粿，無添加，純手工，山梔子天然色澤晶亮黃。

「**別讓世界改變你的微笑**」，「**人活著是為了做自己，不是為了解釋自己**」，「**感動的不是完成，是鼓起勇氣**」，店裡用來勵志的短句，完全充滿正能量，加上店的嵌名對聯「**小食童玩懷舊趣／庭院茶香天倫樂**」，在這搞笑、有梗、反諷才能討拍吸睛的時代潮風中，真是純然一片老派的端正。

擺明的了逆風向，小庭找茶情懷如此憶舊，古早味就是他的元神。

但，他卻是熱搜，媒體採訪報導的常客，來在這騎樓木桌椅蹲點的、打卡的、網美

一碗「相思粉粿」的相陪。

的、一口又一口的，從不乏背著背包的年輕身影。

因為小庭找茶的傳統美食與粉圓、冰淇淋、紅豆、芋圓等時興食材多層次錯綜交叉，新元素搭配舊素材，新新舊舊反向舞姿一般相互牽引出張力，而最美好的張力是兩相凸顯而相得益彰。

味覺比愛情長久，比遺忘也是，有陽光的午後，我來在小庭，坐在向街的木椅，紅塵在眼前流動，我最喜歡的還是杏仁茶為底，紅豆搭粉粿，一碗「相思粉粿」的相陪。

南國紅豆主相思，小庭的粉粿天然黏，難切成塊難切離，得從碗邊拉到口邊，悱惻纏綿難捨難分，吃的時候，多麼像天不老，情難絕，又像相思難收服，那多情無情之間，甜而沉的無計，當下的惶惶為難。

新於舊是挑戰，有著不說分由的剝奪，而舊揉融於新，不僅要在過程中不斷尋索與調適，還需要在妥協中有所抗拒與堅持。而凡是「美」，都有爭議，美食也不例外，小庭找茶固然在古早味與新味之間即即離離出味蕾新風格，但讓人真正流連的，該是他大城鬧街裡棲息著記憶與流光，不論多麼與世調融文青走向，也始終想要留住世間人情不刻意便會輕易淡去的溫厚舊風。一如昔時花木扶疏小小庭院裡的溫馨天倫。

第二市場不也是。三十多年前，我住彰化，為了年節慶賀、特殊紀念日，或者只是找到犒賞自己的理由，都會迢迢來在臺中第二市場買舶來品，那是美麗的依據，一個年輕女子的率性以及允許率性的幸福。後來我居住臺中，看著第二市場由水果集散到寂寥沒落，以及他於新世代中的努力轉型。

從臺中火車站一路循鈴蘭街燈，一個轉彎就到達，平日人來人往，假日裡人潮穿流不息，只要他在，一直都在，就彷彿三十多年前，為買高級精品專程而來的愛美女子，可以永遠年輕，就好似大家仍都習慣買這裡的高級青果，才足以酬謝與答禮，只要第二市場在，一直都在，才會有人記得，這裡曾是有錢人市場、日本人市場，那時，他的名字叫做新富町市場。

留得住舊，又走得出新，記憶才能有暫得回去的地方，用味蕾留住生命的美好，第二市場與小庭找茶都是。

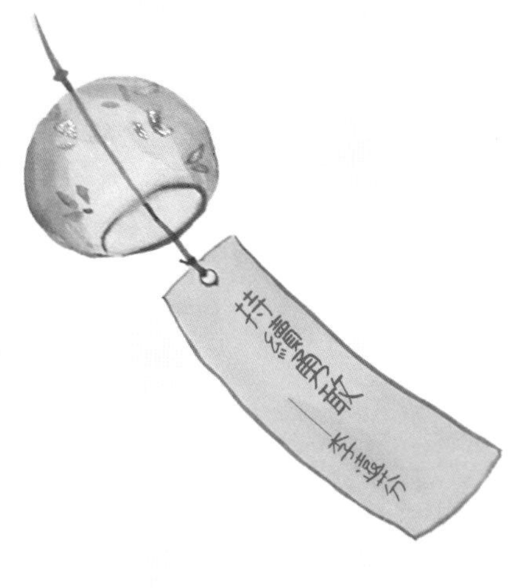

說好的
特別收錄。

潮聲一波，停拍，又一波，澎湖七一三事件、澎湖煙臺聯中師生案、四二五臺中事件……，說好的，我要為這些山東伯伯們寫下這段故事。

這是我致意的安魂曲。

之　觀音亭

之　單音熄燈號

之　命運的港灣

之　最壞，尚能更壞

之　為什麼

之　流動與停留

之　人，格與失格

之　微小日常的力量

之　還於大化

海潮音

之 觀音亭

澎湖長大的孩子，不分年齡層，共同記憶裡都緩緩湧著一片觀音亭海域。

一截澎城古城牆在這。國際風帆訓練中心在這。西瀛彩虹橋在這。眷村文化園區在這。水產學校在這。偶拾詩牆在這。兒童遊樂園在這。澎防司令部在這。

國際化走向，觀光與休憩功能的觀音亭。

四到六月，滿城路燈暗去，沙地踏不絕的往來足履，成千上萬雙眼底閃爍絢爛花火的觀音亭。

海象平靜，潔白細碎的浪花一蕊蕊，漁翁島伸延如伏，虹橋的線條優雅，海天幾筆藍，美而簡淨的觀音亭。

有一路標寫著「七一三步道」，可以行經一個毫不引人注意七一三紀念碑的觀音亭。

被刺刀刺傷的山東流亡學生唐克忠、李樹民曾被拖來海邊，生死一瞬的觀音亭。

713 步道指標。

之　單音熄燈號

曾經連續五年，澎湖山東同鄉會都在這裡舉辦的追思會，民國一〇五年（二〇一六）停辦了。停辦這年的七月十三日那天，我和山東媳婦蕭芬蓮老師完成只二個人參加的追思典禮。一束百合，幾包澎湖名產，蕭老師特地買來澎湖魚粿，說：「魚粿，有興盛發旺的意義，祝我們國家。」

往年的典禮都從唱國歌開始，然後吹起軍中號角熄燈號，懂音樂的蕭老師對我說，逆風吹的號角更嘹亮悲感，聲音集中、結實、遠播，那深深的穿透力，引帶出歷史悲劇與畫面，每每令她當場哭到不能自勝。

在紀念碑之前我和蕭老師單音清唱熄燈號，這麼短，這麼沉，蕭老師並且唱了一首歌，用歌詞展露了意義，她唱著《奇異的恩典》：

每當我心感到憂傷
我就高聲歌唱
有聲音告訴我
祈求上蒼帶我出航

我耳中輕響著緩拍的潮聲，刷——，刷——，一波，又一波，天地清朗靜好。

二〇一六年六月，我應邀在澎湖演講，講座中我提起此行必去二個地方，一是海天佛剎，一是七一三紀念碑。然後我問全場：「知道七一三事件的人請舉手？」不到十人舉起手，蕭芬蓮老師是其中之一。然後，我對大家說：「今天是六月二十五日，第一批山東流亡學生搭乘濟和號抵達澎湖，從西嶼漁翁島上岸，就在民國三十八年（一九四九），的六月二十五日。」

之 命運的港灣

「當年漁翁島居民說，怎麼一覺起來，屋簷下、家庭院、整條馬路，整個島，都是藍螞蟻，當年學生穿的是藍衣服。」澎湖山東同鄉會前任理事長商累愛先生這樣形容。

民國九十八年（二〇〇九），澎湖七一三事件的六十週年，幾個當年的山東流亡學生帶家屬回來澎湖，商累愛引領他們重回漁翁島，他們成一排站在東臺古堡高處，皤皤白髮風中翻飛，靜默俯看著一大片海洋邊緣的牛心灣，那兒是很年少很年少的他們，當年暮色垂臨下登陸的，命運的港灣。

作家李崇建的父親李德浩，山東濮縣人，就是第一批抵達漁翁島的濟南第一聯中學生。記憶力驚人的李老先生，於七十七歲高齡寫成二十萬字自傳《追源溯影》，書中寫著當年由舢舨接應上岸，第一個感覺是「這是一個極其荒涼的小島」，但無論如何「算是平安了。一切的恐懼感暫時消滅了」，他甚且還記得當天的晚餐：「大米乾飯，豆

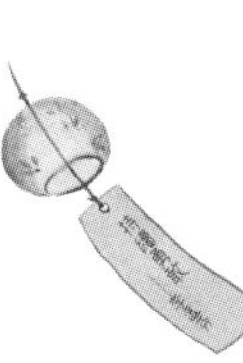

二〇一九年澎湖開拓館「山東流亡學生與澎湖七一三事件」七十周年特展剪影：

▲展場入口處。

◀展場一隅。

角，白菜，燉魚肉，一盆南瓜湯」他被軍隊分到中隊部，全體住在漁翁島燈塔的第二層，小隊長訓話時特別嚴禁攀爬塔頂，並且強調底層存放武器炸藥，除了小心燈火禁止吸菸，一切動作都要極其謹慎。很快的，學生們發現被要求換上軍服、不得擁有私人物品、行動失去自由而開始騷動不安，有一天夜裡，大家正熟睡，突然有人尖叫「爆炸了！」煙燄四起中，大家擁擠逃命，紛紛從燈塔上滾下來，受傷就醫。後來大家都知道了，原來那是小隊長們為了恫嚇學生勿輕舉妄動自導自演的一場「詐營」記。

當然，要到更後來，他們終也才明白，荒涼的何止是兜頭照面的這個小島，平安何其短暫而虛妄，還有更大一場密箍箍的欺詐正鐵桶一般等著他們自己走進去。

山東流亡學生來在廣州的時候，李德浩曾到樂桃園飯店做小工，被第一聯中劉澤民校長發現，要他迅速歸隊，飯店師傅賞識他，勸他跟著飯店去香港、澳門，李德浩想了好久，還是回到學校。

山東牟平孫序振接受訪問就曾說，當年不隨學校到澎湖的同學有人轉往香港，多年之後以僑領身分歸國，他於是用這句話自嘲：「當年若留在廣州……，今日或許也是歸國僑領之一吧。」

民國三十八年七月十三日之後，來在澎湖的八千山東流亡學生，五千餘人被強迫編入軍隊接受軍事訓練，僅二千餘女生及幼年學生入「澎湖防衛司令部子弟學校」。從七月底起，就陸續有學生被逮捕，到了八月，前山東省教育廳長徐軼千來到澎湖，煙臺聯中總校長張敏之對著集合在澎湖防衛司令部司令臺前五千名著軍裝的學生表示「徐廳長是來幫大家復學的」，但學生們已經不敢有任何反應，張校長呼籲「凡是初中部或者未及齡的學生儘管出列，我負責送你們回學校」，並著急的拉著徐廳長走到學生隊伍面前，幾乎用哀求的聲音說：「不要怕，只要合乎規定的出列，我保證不會有麻煩。」

要不要出列？

抉擇是細膩的，而這是一群剛被突如其來不明所以的遭遇嚇壞了的十五、六歲少年。

「人在這時候是孤獨的，十幾歲的孩子，只有自己做出決定自己負擔後果。」作家王鼎鈞在回憶錄四部曲之三《關山奪路》中寫出流亡學生們的集體真實處境，留下不走，或繼續走，跟學校走，或者回家鄉，餓了，渴了，累了，病了，哭了，害怕了，所有決定與很難的時刻，常常整個天地中都只有自己。

巨大壓力下，有一位十六歲的少年叫宋子廉站出行列，雖然入校復學後不多久，他也被從學校押出，拘留、偵訊、受刑，在三十九師新生隊受管訓。不過，難卜料的輾轉世途，後來他陸軍官校二十四期畢業，民國八十一年（一九九二），他以中華民國海軍中將退役。

李德浩好不容易盼到的平安的日子真的很短暫，到秋天，他與連上六名弟兄一起被逮捕，審問了一整夜後，只李德浩一人留在營部沒被送走，原來是副營長向營長極力保

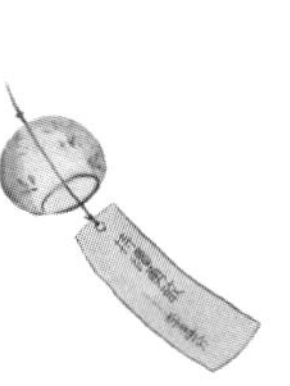

住了他。

「人的一生常在一念之間就被決定了，」在廣州漢民小學前一起看著一張香港招考警察海報的山東牟平賀繼盛，想約好友一起去香港，因好友遲疑而作罷，當日若一同前往香港，「我們就不會到澎湖，也不會捲入後來發生的匪諜案。」

「人的生死是前世註定嗎？」當年九死一生，後來寫下《歷史的烙痕》的山東棲霞劉廷功，直接下的是這樣的天問。

命運。

這二個字在這批歷史見證人口中不斷被提起，像是一場長長敘事之後一定要有的結論，唯一的答案。

之 最壞，尚能更壞

最壞，尚能更壞。

日寇鐵蹄的蹂躪、中國內戰的酷烈、流離遷徙、離鄉背井、死亡侵逼，年少孤獨、前路未卜，失依、茫然、無助……，一個人的生命這樣演示，夠是最壞了吧！

民國三十七年（一九四八）年底，山東流亡學校經歷兵燹戰火，來到上海，經教育部整編為濟南八聯中。民國三十八年（一九四九）四月，中共解放軍渡江南下，各流亡學校並沒有完善的應變計畫，倉促之間有些學校陷入解放軍大包圍圈無路可逃，有些學校完全潰散。

而山東各流亡學校徙播到廣州，八聯中校長集體向山東籍政要陳請，經臺灣警備司令陳誠協調澎湖防守司令部山東人李振清司令，將山東各流亡學校師生遷到澎湖。第一批，由西嶼漁翁島上岸；十二天後，第二批登陸馬公。

在廣州行前，八聯中和教育部、國防部協議而簽下的十一條安置辦法中的要點是，年滿十七歲以上高中男學生照軍隊編制，接受軍訓，但准保留學籍，對各年級應修之主要課程仍得繼續補習以完成學業。即一半時間軍訓，一半時間進行學校課程。其餘的學生，亦即初中部及女生，則一律進入將成立的「澎湖防衛司令部子弟學校」，實施一般學校教育。

學生們一路跋涉顛簸，唯一的希望是讀書，家鄉慈愛的容顏、老樹下送別的執手、火車開動時的哭聲、暗夜裡獨自想家的淚流、背著木板破書雨中風中行走的艱苦……，只有讀書，才是不負父母的此生大願，他們願意接受「半訓半讀」的模式，只是下船後不久，全體男生都被安排住進軍營，以軍事編班，過軍隊生活，書本及所有私有物不能留在身邊，疑慮及猜測開始在學生群間漫生。

而李振清所率領的澎湖駐軍四十軍三十九師，在國共戰爭中於河南的一場戰役全軍投共，李振清當時在武漢養病而得免，後派任澎湖防衛部司令官。

那是充滿不安的大敗戰時局。我一直在想，校方與軍方除了對「半訓半讀」認知解

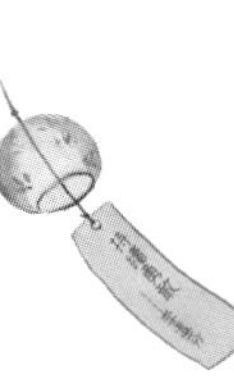

讀上的嚴重落差之外，對人性，高估或低估，都能錯成一場令人驚愕不能收拾的謬悖。

七月十三日早上十點，澎湖防衛司令部司令臺前，那一場致命的錯估，落地三尺，牽連影響許多人的生命型態，烙為意想不到的永無法弭平的悲傷。

七月十二日，原住在馬公國小的濟南四、五聯中男學生，突然被集中到澎湖防衛司令部大營房「點名」，後得知要被編兵，便於七月十三日上午十時，在操場集合，準備要一起回學校去找老師校長，上刺刀的士兵很快的布滿四周，李振清軍長走上司令臺，叫學生代表到前面說話，四聯中二分校李樹民、一分校唐克忠二人走到司令臺前，還沒說話就被士兵用刺刀刺傷，疼痛得蹲下身，鮮血滿身，全體學生或害怕得蹲下，或沉默的流淚。

到了下午，四、五聯中高中男生被載往漁翁島，與其他高中男生混合編為一一五軍團，其他聯中及煙臺聯中的初中男生被從漁翁島接到馬公，混合編為一一六軍團。軍方不分年齡，以自訂身高標準選兵入伍，並未遵守「十七歲」的界定，而其中許多原已送到子弟學校的幼小男生亦被加入編兵行列，重新篩選。

史稱「澎湖七一三事件」。

為維護學生的受教權，以及抗議軍方的食言與編兵所造成的衝突，校長們不斷奔走交涉，其中尤以煙臺聯中張敏之校長態度最為強硬。曾在會議中痛批軍方的濟南第一聯中劉澤民校長，離開澎湖前向張校長辭行，一句「諸多珍重」，兩人握手淒然淚下。

果然，濤未平，浪又至，此番風雲譎，波波滔天。

之 為什麼

為什麼我第一次到離島澎湖，選擇必去七一三紀念碑？

人的記憶很微妙，一些不相干的，竟也一眼難忘。不知何時看過的一格黑白漫畫：海邊，巖岬，較遠處一個持步槍的士兵，一個雙手被綑綁於後的少年，髮因迎風而後貼，他側臉張著口，對著大海以及比海更遠更廣的微熹的天空，對話框裡只有一句：「為什麼？」

就是這一格畫面，不經意的記得，終成牢固。我來澎湖於是想知道更多。果然，「為什麼」正是悲劇悲點的極至核心。

為什麼清晨起床，隔床的同學就不見了？為什麼半夜突然被叫醒，被帶出去後就五花大綁，和其他幾個同學一起被送走？為什麼突然被點名，說有新任務，卻和一群同學被關在一間屋子？為什麼被點名叫出，不久蹲在海邊集體繩串等船被送到另一座小島？為什麼要被關押？為什麼要被審問、被懸吊、被灌水、被老虎凳、被令脫衣在珊瑚礁上滾動、被電刑、被假槍斃……？為什麼我什麼都不知道？

而我自己的為什麼是，人為什麼會有這樣被恐怖四周無罅隙罩壓無一絲喘息空隙生不如死但什麼都茫然不知道的處境？

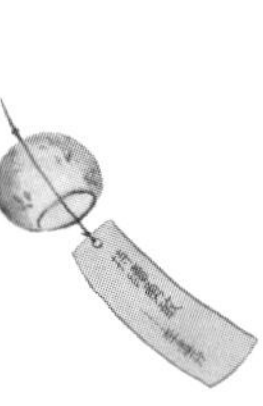

而這些不知道為什麼的驚慄，每晚長官又要來點名的時候，總有人嚇得尿濕褲子。一群人被關押在一處，總要等到第一位、第二位、第三位遍體鱗傷或奄奄一息被刑求回來，彼此口訴串出案情大綱，大家終於才明白，他們身陷的原來是一樁「匪諜案」。

所有的「為什麼」不斷堆聚疊砌，由下而上，工法細密，最後要成型成體為一個結構嚴密的組織，由點及線及面無中生有的擴張滋生，那「先後一致，互證屬實」經得起反覆交叉比對毫無漏洞的自白書，就是從完全不知道到為求吻合反覆酷刑到魂虛魄弱被強捺手印的過程。

一定要「咬」出一個名字，才能停止被酷刑時，你能「咬」出的名字必定是認識的人尤其是好友，或者團體中有才華具能力的風雲人物，後來，他們彼此知道自己是被誰咬出的，也沒人真正介意，大家都是受害者。

山東福山巴信誠被關禁時，軍方要求他寫信向同學報平安，他因受不了嚴刑拷打，就寫了封信給七位同學，隔天，早餐過後，輔導員公開宣讀此信，這七位被唱名點到的人，就是下一批被帶走關押的人。

楊從柏回憶審訊受刑，說坦白書上有十二道問題，最後一道是「你們的最高領袖是誰？」他是全室最後一個受審的，聽說有同學心想既是匪諜就寫「毛澤東」，結果被斥責用刑，再被提示問是不是某某人，這同學答不是，又被用刑，後來，這同學終於才明白他們要的是什麼，楊從柏因為有這分「參考資料」而「學聰明了」，坦白書一刻鐘就寫好了；他們要的第十二題答案是：「張敏之、鄒鑑」。

張敏之校長求助的信中途都被軍方攔截，派煙臺聯中第二分校校長鄒鑑親自帶信到臺北向山東大老求援，結果澎湖三十九師派人在臺中火車站逮捕了鄒校長。

九月十五日張敏之校長被捕。十月，被捕師生中四十九人轉送臺灣省保安司令部。當時臺灣保安司令部司令由東南行政長官陳誠兼任，副司令彭孟緝代行。

十二月十一日上午十時，校長張敏之（四十三歲）、鄒鑑（四十三歲），學生劉永祥（廿三歲）、張世能（十九歲）、譚茂基（二十歲）、明同樂（十九歲）、王光耀（十九歲）等七人，遊街示眾，綁赴臺北新店馬場町刑場，執行槍決。

全案七名師生槍決，二名病死獄中，株連逮捕受害人達一百多名，上百人失蹤。這樁加諸匪諜身分，織構匪諜編組，酷刑脅迫學生自白的恐怖迫害工程，所針對的都是煙臺聯中的校長師生，史稱之為「澎湖煙臺聯中師生案」。

逃不出的孤島，逃不出的一口吞噬前戲弄的掌心，威權壓迫鉗制恐怖本質碾壓出的受難者軀體與靈魂碎裂的冤屈。最壞，尚能更壞。

中央研究院近代史研究所口述歷史《澎湖煙臺聯中冤獄案口述歷史》中有一頁附表「受迫害一覽表」。簡化如下：

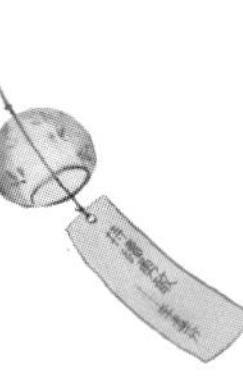

經扣押嚴刑逼供後，情節重大移送臺北保安處共計：七名師生槍決、二名病死獄中、三十九人嚴刑拷打。後除了二位老師送回大陸，二位老師一位學生交保，四名女生轉送綠島，民國三十九年（一九五〇）三月，三十人進內湖新生總隊管訓，十二月八日發配陸軍第六軍。

經扣押嚴刑逼供後留在澎湖：老師二名個別扣押於軍用民宅，學生四名個別交部隊看押。其餘共計五十五人，進三十九師新生隊管訓。

李樹民與唐克忠呢？七一三當天他倆從澎防部後門押至觀音亭海邊，以為一定要被投海或槍斃，卻臨時改變命令仍被押回。之後他二人分別被囚禁審問九十七天，管訓一年十一個月，民國四十年十月前往政工幹校報到。

而這麼大規模的政治迫害，一直到很老很老的時候，談起這段糊里糊塗成為匪諜，莫名其妙獲罪的過程，「大家都不知道為什麼」。

聽說張世能被槍決，及學長王子彝病死醫院時仍高喊「中國國民黨萬歲」、「蔣總統萬歲」，孫振序輕嘆他們真像「飛蛾一次次撲火，翅膀都被燒斷了仍在掙扎」，在軍中擔任《衛民報》編輯時，他以「追雲」為筆名，用暗喻的筆法寫下〈弔燈蛾詩〉，追悼受難的校長、同學以及自己，他寫蛾一次次撲向燈火，斷了腿，爛了額，燒掉了雙角，直至吐出了最後一口氣，還掙扎著將那燒焦了還剩下的小半截兒翅膀拍拍。

……

噯！美麗的小燈蛾
可憐的小燈蛾
你可能告訴我
你到底是為什麼
惹下這場殺身禍害

孫振序用的也是「你到底是為什麼」？

之 流動與停留

有時要流動，有時要停留，這些年，我一直在學習絕對如此或絕對不如此之間的拆卸。美好，停留，也不停留。不美好，不停留。那麼，從純潔到至痛的過程呢？

對比要到拉扯才造成張力，我在日常中書寫，從手機閱讀那些文獻中暗慘的對待、國共戰爭火車車頂坐滿人的學生們顛沛流離的黑白影片，不時要被吃喝玩樂３Ｃ產品搶先看色彩新亮繽紛的時尚廣告覆蓋干擾。

走出書寫了一整個下午的咖啡館，習慣走向冷飲小舖，買一杯手搖杯犒賞自己，心滿意足走在中臺灣金亮亮的秋光中，後背包裡的幾本書，書角有折頁，一頁是鄒鑑校長從廟門被拖出，一頁是張敏之校長鬚髮盡亂，憔悴消瘦走出司令部的最後身影，一頁是山東牟平初福山感覺自己受盡苦頭卻沒有洗雪的一天，人生乏味，遂萌生輕生的念頭，一頁是十月三十日，移送臺北保安處的師生從基隆上銬登岸，兩旁圍觀民眾對「匪諜」辱罵、喊打、扔丟果皮垃圾、吐口水。

那段書寫七一三事件的日子，我身在安靜日常，耳中卻呼呼響起海風打潮聲，被囚禁在海邊小廟的學生，受刑後的夜裡，流著淚想念遙遠回不去的家鄉，在心底聲聲呼喚著爹娘……。

很大的拉扯來自一張照片。

《澎湖煙臺聯中冤獄案口述歷史》書中，不同人物的專訪，卻反覆出現一張一字排開或二排前蹲後立的合照，影中人不同，背景都一致，那是他們在流亡中也堅持要去的一個地方，照片的說明都是：

民國三十八年六月流亡到廣州，攝於黃花岡七十二烈士墓前。

當年很多學生被審問到「你加入的是什麼組織？」應聲回答都是「中國國民黨」，好些人為了躲避共產黨才逃離家鄉，有些人家人被共黨鬥爭而死，但那時候，他們都要被逼承認自己是共產黨地下組織的一員。他們是年少知識分子多數還是國民黨員，廣州黃花岡烈士墓，是他們朝謁的聖地，時局危亂著，還要更亂，但髮豐厚而黑，微笑對鏡頭，他們立姿英挺，蹲姿灑脫……。

最後結局是內湖新生營與澎湖新生隊。「新生」，意味思想改造後生命的重生，劉廷功寫著：「我未曾舊死兮，何以新生」，師生們不了解的是「我們何時誤入歧途了？」

語噤，聲吞，冤埋，小個人生命如煙塵，含化在威權時代肅殺節氣裡隨螢飛草長，生枯死滅。那就流動吧，時光，讓悲酸與傷痛都安靜流過不必停留……。只是六年後，回到本源初衷，再發生民國四十四年（一九五五）「四二五臺中事件」。

悲劇的源起與血祭的犧牲都因爭取受教權，這群已著軍裝的山東流亡學生，這次爭取的命題還是：我們要求離營復學。

民國四十一年（一九五二），三十九師整編為陸軍五十七師，山東八聯中學生編在一六九軍團，民國四十三年（一九五四）從澎湖移防臺灣，其中第二營調到鳳山步兵學校擔任示範營。他們是素質高的讀書識字的年輕人，術科示範之外學科也極優異，被教官譽為「最高水準的示範部隊」。他們不少人在操課空閒，都拿著高中書籍在自修。

民國四十年到四十三年之間，為「澎湖煙臺聯中師生案」平反的人持續奔走努力，曙光微露，終告徒勞。民國四十四年三月，有山東立委質詢，徵兵法已實施，山東流亡

學生已當兵六年，應該讓他們退伍入學。國防部予以的答覆是：「山東流亡學生都當基層幹部，以軍為家，不准退役復學。」第二營看到此則新聞，全營請病假，造成步兵學校沒有示範兵而罷操停課，經安撫後突然被調往后里整訓，四月中旬這群學生集體離營，企圖前往臺北總統府靜坐請願，但在臺中就受阻，所有火車都被下令停駛，七百人遂圍坐在臺中火車站前蔣公銅像四周靜坐絕食。深夜，國防部總政戰部主任蔣經國派人與學生協調，答應解決問題，四月二十五日，竟鐐拷加身逮捕三十八位事件領導者（後加一人主動投案），第二營全被打散，四人仍遭判重判，其餘關押。一直要到民國四十八年（一九五九），大批被強迫服兵役的山東流亡學生，才在國家「木蘭專案」下全體退役復學。

所以澎湖山東學生有三大慘案：「七一三事件」、「煙臺聯中師生案」、「四二五臺中事件」，濟南四聯中的山東嶧縣黃端禮總是這樣說，在澎湖防衛司令部司令臺前，被刺刀刺傷的李樹民距他只有五步，「臺中事件」，他是三十九人之一，被關押八個月，受盡折磨。他說他生命中有二個紀念日：民國三十八年七月十三日，民國四十四年四月二十五日。

「我們受過的苦你們是無法體會的。」李樹民一語以蔽之。

「在那樣的亂世，什麼樣的事都會發生。」商累愛下這樣的結語。

當下聽這句話，我並不以為然，但在讀完許多資料，看過多人的專訪之後，我直抒的情感漸漸在擴大的視界裡斂收，將時空格局推遠也宕大，進入亂世的光軌大歷史的進程，我的激越逐漸沉澱。是的，亂世。

殘酷的背後來自一大片自我的殘缺與不安，人性斑駁本就是拿來試煉用的，偏狹、私恨、貪功、威權、無知都足以掀動起毀滅性的傷害，節制才是人最大的考驗，生命許多時刻需要絕大的自律力。

納粹死亡集中營倖存者大劫難作家普利摩．李維（Primo Levi）說過：「人類文明舞臺上，任何事都會發生。」

事件中還有一群被失蹤者，沒有家人、沒有住址，流亡到澎湖才短暫的幾十天，他們沒有任何人間相對應的關係，存在，然後汽化。空氣一般透明。

我終於完全懂商累愛這句話，是對「澎湖山東流亡學生案」最籠統也最厚道的詮釋。

之 人，格與失格

波蘭詩人史坦尼斯羅．勒克（Stanislaw Jerzy Lec）說：「當雪崩的時候，沒有一片雪花覺得自己有責任。」

「煙臺師生師生案」即便震驚蔣中正總統並指派專人查證，即便澎湖防衛部司令李振清承認處理失當並歸責，即便民國四十五年（一九五六），國防部送交五千元撫恤金

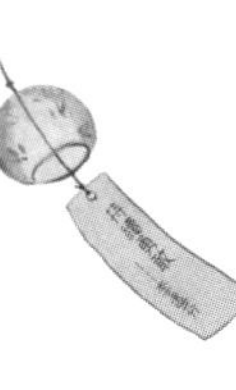

給張敏之及鄒鑑兩位校長的家屬，但都在會損國家聲譽、恐會影響美援、涉及太多高層的顧慮下，未能真正平反。包含事件第一線的三十九師軍方人士、粗糙的司法人員，以及最後蓋印的高官們，終其一生，都無一人判刑獲罪或道歉認錯。這是一場沒有人該負責的山東人的大冤案。

正因為如此，我格外愛看見這樣的人與事：

「我父親是為學生死的。」鄒鑑校長的兒子鄒本農這樣說。

「學生是我帶出來的，我總要把他們安置妥當，才能離去。」這是當時張敏之校長唯一的信念。

而「如果什麼都不管，後來可能就不會發生『匪諜案』」。如果什麼都不管，學生由軍方接管就離開澎湖，在當時絕對是人事已盡無可如何的選擇，只是，總有人不能忘記所託，不能漠然於不誠信，不能無感於強對弱的欺壓，我一點都沒把握甚且嚴重懷疑著我能，才知道能做到的人有多可敬。

當年在澎湖用民宅審訊學生，學生被吊在樑下，中午士兵去休息，民宅的女主人就叫兒子偷偷塞個小板凳在學生腳下，自己煮碗粥給受苦的學生吃。

澎湖天后宮傳出受刑淒厲的哀號聲，附近的居民跪下來求士兵：「別打了吧，他們都只是孩子。」

三十九師通訊員殷穎，曾在事發過程，將流亡學生受到的悲慘待遇向外通報，於張校長等人遭槍決後被逮捕。

初福山在臺北保安司令部過堂受審時才十四歲，他當庭痛哭說自己沒參加「新民主主義青年團」，法官找他的組織「介紹人」劉永祥出庭和他對質，劉永祥在校是受人崇拜的風雲人物，他對法官說他不再為自己辯解，「但是，如果說初福山這名小學弟是匪諜，是我介紹他的，絕對沒這回事，我沒介紹他，他是我們的學弟，沒有參加匪諜的組織。」

劉永祥一再為初福山澄清，後來直到被推出法庭還硬是巴在原地喊冤。在臺北保安司令部過堂受審總共兩位校長加七名學生，後來七人被槍決，劉永祥在其中，只有初福山和另一位同學僥倖未死。

民國三十八年十月的一個傍晚，有一個穿便服的年輕人，騎著腳踏車來到張敏之校長家人面前，他表明自己是一個士兵，負責看守張校長，他尊重張校長，冒著生命危險來告訴張家，隔天天亮，張校長要被轉送到臺灣，「載校長的船明天早上會停在臨時市集的岸邊，我是負責押送他的人之一，如果你們要看看張校長，明天早上去碼頭邊就會看到他。」隔天，張校長夫人王培五女士和長子張彬，躲在碼頭大樹後，看到被捕一個月他們一直探詢無門的張校長，「他披頭散髮，骨瘦如柴」。這是家人見張校長的最後一面。

戒嚴時代，此案令人噤若寒蟬聞之色變，但始終有一群人極盡人事努力在營救。在

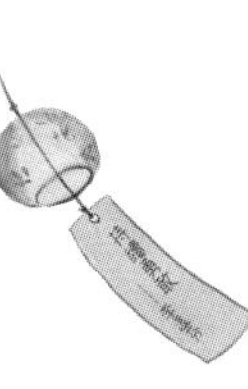

張校長七人被槍決前，本來尚有一絲轉機，是山東省參議長兼立法委員裴鳴宇要求覆審此案，並邀二位立法委員到軍法局列席旁聽審查，全案毫無疑問才可定刑，時間訂在十二月十日，當日，二位委員並未出席，軍法局認為立委不來列席覆審即取消。次日為星期日，照例不處決人犯，但未避免麻煩，軍法局便迅速行刑，於十二月十一日執行槍斃。

張校長遇害後，裴鳴宇繼續向保安司令質詢判決書所列罪行的誣造，並一一引證駁斥，且追問被株連入獄的人拘押的理由及舉證，因為裴鳴宇不沮不退的正義力量，當時陸續釋放了一批人。

四十一年（一九五三）春天，國大代表談明華，利用革命實踐研究院結訓，蔣總統單獨召見學員五分鐘，詢問黨務建言的機會，向蔣總統說明此案，蔣總統問談明華是江蘇人，為什麼要關切這事？談明華回答：「我在山東從事抗日時，與冤案中被害人共歷患難。」並當蔣總統的面在紙上寫上「鄒鑑、張敏之」。後來，總統令他呈上書面報告，並派專人調查，只惜，此案在當時仍無可撼動而不了了之。

為義慷慨，這些人的努力這些事的成果無一成功，但我在暗黑歷史深井冤屈中看到的光亮，都是這些失敗的人事。從澎湖防衛司令部到臺北保安司令部，山東立委崔唯吾對此案從沒放棄過，召集聯保，動用人脈，後來，替校長收屍的也是他。

一路細讀此歷史事件，我也凝目注視著「力保」這件事。在那動輒得疚，株連羅織，寧枉不縱的亂世，力保的背後賭上的可能是自己的身家性命，怎樣的氣魄能讓你願意為別人這樣付出？怎樣的人與人之間會讓你挺身站出為別人請命，自己可能失去一切？怎樣的思維支撐著你沒做也可以，但你選擇我做，輕可以，但你願意重？

「……查該校長，係本黨忠實同志，服膺主義，盡忠國家，向無軌外行動，為同人等所深知，并願負責保證，謹聯名電懇，准予開釋，以免冤抑為荷。」一封快郵代電，十五位大老聯名，力保被押於馬公島憲兵隊的張敏之校長。

為張敏之校長長子張彬出國留學，秦德純、談明華、裴鳴宇、張敬塘、崔唯吾作保。

一直要到民國七十九年（一九〇〇），當年「四二五臺中事件」當事人曹慕廷將軍外職停役，在立法院國防委員兼主任祕書，有機會接近主任委員趙魯，才知道當年要不是一位說話結結巴巴口吃的軍官親見蔣經國先生，力保當年倖存的三十九人，說他們全是共產黨口中大地主的兒子，絕不會是匪諜，他們才能保住一命倖免於難。這力保他們的人，是第二軍政治部第一科長孫守唐，曾是濟南第四聯中的老師。

民國三十八年七月一日成立的「澎湖防衛司令部子弟學校」，一直安置於馬公國校，老師們力主遷校，山東同鄉會為了讓自己的子弟有更好的受教環境，遂將臺北中山北路之同鄉會會館出售，在彰化縣員林鎮購地八千餘坪興建校舍，於四十二年順利遷校，校名改為「教育部特設員林實驗學校」，也讓後來想繼續求學的山東流亡學生有了

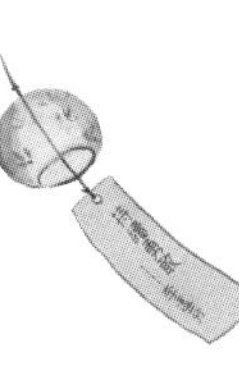

真正的安頓依止之所。這所學校是現今「員林崇實高工」的前身。

老一輩的員林人還記得，彰化員林鎮曾出現一群外省孤兒，他們非常認真讀書，每晚都有人半夜還在路燈下苦讀。山東流亡子弟列員林崇實高工校史中「知名校友」的有：陳肇敏、楊昌熾、張玉法……。

民國七十七年（一九八八），張敏之的幼子張彤，結合山東在臺同鄉會，透過《山東文獻》，在臺灣廣徵煙臺聯中師生罹難經過的文章，並將這些第一手資料匯集成冊。民國八十八年（一九九九），張彤請劉臺平、高惠宇二人為澎湖案整理書寫一本十萬字的書，文經社社長吳榮經不顧業務與行銷人員的反對，堅持出版，《十字架上的校長》問世於張敏之校長殉難的五十週年。

在當時立委謝聰敏、高惠宇、葛雨琴等人不分黨派聲援協力下，「戒嚴時期不當判亂暨匪諜審判案件補償基金會」於民國八十九年（二〇〇七）審查通過煙臺聯中案的補償。

歷時五十年，此案正式平反。

民國九十六年（二〇〇七），七月十三日，於澎湖司令部司令臺前舉辦紀念會，一起為受難者默禱。

民國九十七年（二〇〇八），十二月十五日，紀念碑第一次興建完工，因碑文有所爭議，幾經研議討論，並由黃端禮參與修改，民國九十八年（二〇〇九），八月六日，澎湖案六十週年，「七一三澎湖事件紀念碑」由國家重新立碑於觀音亭海邊。

民國一百年（二〇一一），七月十三日，國防部副部長趙世璋親赴紀念碑弔祭。軍方真正面對此事。

美好的與不美好的，原先美好的正是後來不美好的，人與人之間的格與失格，加害者與被害者，成全與掠奪，所有的發生與存在，都一起在時間的大河裡潺潺推湧，不舍晝夜。後來，這批民國三十八年夏天，從澎湖上岸的八千山東流亡學生，無論在軍中或在各行各業，都不乏多能之士傑出人才，這會不會才是，人間最大的有格。

之 微小日常的力量

「你天天都在寫，你在寫什麼啊？」有一天咖啡館女主人忍不住問我，我愣了一下，這麼複雜的答案，你給我多少時間？旋即彎眼笑著很誠懇的回答她：「我想，你不會有興趣的。」

朋友們問「七一三是什麼？」也會訥悶：「那你為什麼要寫這個？」

我是蘇珊・桑塔格筆下旁觀別人痛苦的人嗎？我深細留意著自己情緒的洄漩，不能挽回的傷痛、壓制的恐怖、生命微如塵落的嘆息，或者，我還有更清晰的焦點，攸關人性。

暴力仍在民主國家、集權國家、第三世界國家，地球任何一個地方發生，也悄悄出

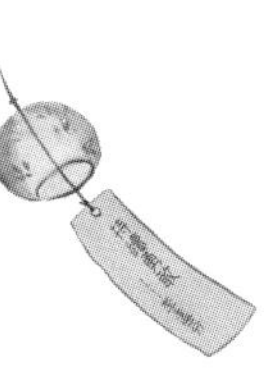

現在零星和私人的事件中。面對年輕一代詢問包含當年守衛、黑衫軍那些「虐待者」是什麼樣的人，他們的本質是什麼？普利摩·李維的回答是他們都是「普通人」，普通聰明，普通邪惡，「他們都不是禽獸，只是受到很糟的教養。」

教養，平日耳濡目染的內化。

以色列小說家艾加·凱磊（**Etgar Keret**）父母都是二戰猶太大屠殺的倖存者，回溯苦難歷史，凱磊的父母教給他的不是簡化的人性善惡兩立，他們也告訴他德國軍官如何幫助猶太家庭的事。這讓他體會無論表現慷慨或暴力以對，反映出的都是每個人的本性。他主張人們應該在和平無事的年代，鍛鍊自己的心靈，才能在必要時刻知道如何面對。

我曾在書店隨手翻閱的一本書，日本侵華戰爭期間，作者是身在中國淪陷區的外國女孩。一天她騎著單車逾時夜歸，黑夜空盪盪猶如廢墟的城區，迎面走來二位醉醺醺的日本兵，她被攔阻並調戲，無法脫身時突然街邊樓上傳來玻璃破裂聲，正拉扯著的日本兵本能回頭一望，她耳旁響起一句英語：「還不快走！」她趁隙騎車逃離。路上沒有別人，是另一位日本兵擲的石子說的話。

再殘酷的背景，在必要時刻都留有一些善。

每個人都會與生命「必要時刻」迎面無法迴閃，輕重小大形式儘管不同，但你是那一種人？你做了怎樣的選擇？而你之所以成為你，完全是和平無事年代日常中的養成。

在日常形成認知的概念，然後成長際遇裡再加入其他。我渴望每一刻「該如何面對」的坦定，且服膺凱磊堅定相信的人性與希望。

劉廷功《歷史的烙痕》第二十四篇寫下〈永憶王所長〉。王所長一上任就告訴大家，他們怎麼進來的，將來如何出去，他都無權過問，也幫不上忙，但凡是他管轄範圍內，有任何問題，只要他能力所及，一定替大家解決。從此獄中伙食徹底改善，每天還可以分批到院子放風十分鐘。劉廷功說這對半年多未見過天日的人而言：「它的重要和價值，是無法計算的。」

在歷史甚且在生命面前，我們都有一大片「無權過問，也幫不上忙」的事，那麼，就在「管轄範圍內，能力所及」處，去恪盡生而為人的良善本分。

移位，斷層，冷漠，無感，歷史是很多人無關的過往，被遺忘得太快，我想要告訴山東流亡師生澎湖案中，死亡、失蹤、命運曾被不公平對待如今老去或凋零的所有人，這不只是一段令人驚心的亂世歷史，它是我的生活記憶，我來過，我知道，我了解，我永誌，我受教。

心念與文字，是我的「管轄範圍內，能力所及」，是我致意的安魂曲。

至於關鍵時刻有所顧慮而怯步，沒有出面護守正義的勇氣，嚴刑逼供下做出不實指控這些事？如果換成是我們，我們能做得更好嗎？學生們受訪時曾表示當年供招出校長至今仍感後悔。我認為，二位校長地下有知，一定會對為他們竭力奔走平反的同鄉、朋友、學生而含笑銘感，生命中沒有幾個人遇得著此等赤誠至情。而那些不實指控？張校

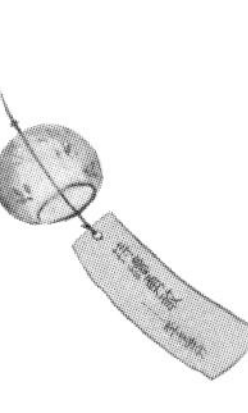

長在獄中隔板牆對被自己招供而株連入獄的好友周紹賢說：「我已視死如歸，將您牽連在內真對不起」。

在歷史面前戒慎小心，在生命面前謙卑、渺小。

思維行事都由日常養成，面對歷史的態度及反省的視角，也都是日常的一部分。超越所有條件，尋溯本源性的關懷，我總是不斷的看到人，人，與人，人有存在的獨一性，人的價值至高無上，教養讓你成為怎樣的一個人，它存在於每一個微小日常。

之 還於大化

觀音亭七一三紀念碑，寬面長方型高度及腰，位在海邊的薄草上，面對著建築師趙建銘的裝置藝術：七十五公分以下，高低參差迤邐成隊的灰色柱狀玄武岩之間，夾雜鋼柱燈光與風鈴，夜來有燈，風吹鈴響，意味寬恕與和諧，提醒世人不要忘記六十年前的悲劇。

民國一〇六年（二〇一七），七月十三日，澎湖文化局舉辦「七一三事件的歷史與人權教育課程」，認知上一點一滴開始改變，教育會是最踏實的方式。

民國一〇八年（二〇一九）七月到十一月，國家人權博物館主辦，澎湖縣政府文化局、國立員林崇實高工協辦，於澎湖開拓館隆重舉辦「澎湖七一三事件七十年特展」，內容有人權講座、人權教育活動、種子教師培訓、輔助觀展學習單及作文比賽。開展那天，我看見當年學生的家人在座……。

民國一〇八年（二〇二〇），《文訊雜誌》四一六期專題：〈從匿跡到顯影——山東流亡學生紀事〉。

平反，是最起碼的形式補償，顯影，在意涵上更見多重。當年山東流亡學生，誰都無法三言二語說得清楚心情，有人內心還是無法諒解。有人為了這冤案一輩子都憂鬱症。有人想辦法忘掉一切，因為有信仰，已不那麼在意。有人也感謝後來終而在臺成家有機會進大學有教職。有人與同鄉相聚都會抱頭痛哭。有人說往事還是習慣壓低聲音……，而一輩子都過完了。

最深的痛是不說。已逝作家張放一生也沒告訴過女兒自己的一九四九澎湖經歷，但他女兒文中提及，在父親創作一系列「邊緣人」的小說中，「小說主人公最終一律跳海自殺」。原本她不懂的，在親自去過澎湖觀音亭，看見翻騰的海浪後，終於明白，當一個人精神苦痛大於肉身苦痛的時候，「跳入洶湧大海是唯一清洗仇恨的靈魂救贖。」。

山東牟平賀振宇的這句話應該概括得最周全：「是天命也是人意，有苦難也有幸運，如今一切都已隨風而逝，煙消雲散海闊天空，但卻獨留下永遠揮不掉的感傷和遺憾。」

天地轉，光陰迫，觀音亭晴天的潮聲都是柔緩拍，不急不迫，一波，停拍，又一波，退去，一色含融於藍淨大海，緩緩還於時光大化。

我於是，為記。

後記

二〇一九年因緣際會了佛光會鄭尊顗夫婦及女兒。鄭師兄籍貫山東嶧城。他說父執輩有一位周壽亭老師，終生不回山東老家，因為他沒能將當年帶出來的孩子，安全帶回家，他愧對孩子們的父母，他「沒臉回家」。

二〇二三年年初，從文學課學生魯秋琴的作業〈遲來的道別〉，看見一段她朋友的故事。朋友的舅舅，九十幾歲老者了，迄今還常叮囑晚輩，去到澎湖一定要去紀念碑致意。當年家人反對，他沒能跟著學校到南方。來到臺灣後，他尋找煙臺中學的同學，直到聽到不能置信的消息。

那年嚴冬，少年的他騎腳踏車沒命的趕赴馬場

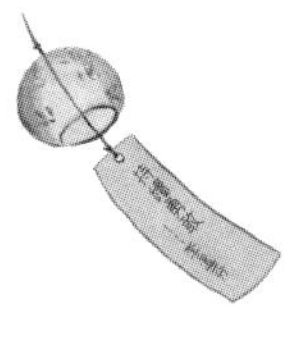

町，半途傳來槍響，他錯愕僵立馬路中，當場淚流滿面，朝向槍聲來處行禮，大聲喊著：「校長，我來晚了！」槍聲再起。

國家圖書館出版品預行編目資料

說好的：你我最給力的承諾／石德華著·攝影. －－初版. －－臺中市：晨星，2023.07
面；公分. －－（晨星文學館；066）

ISBN　978-626-320-484-3（平裝）

863.55　　112007587

晨星文學館 066

說好的：你我最給力的承諾

作者	石 德 華
攝影	石 德 華
主編	徐 惠 雅
校對	石 德 華 、 徐 惠 雅 、 王 韻 絜
美術編輯	林 姿 秀
創辦人	陳銘民
發行所	晨星出版有限公司 407 臺中市西屯區工業 30 路 1 號 1 樓 TEL：04-23595820　FAX：04-23550581 E-mail：service-taipei@morningstar.com.tw http://star.morningstar.com.tw 行政院新聞局局版臺業字第 2500 號
法律顧問	陳思成律師
初版	西元 2023 年 06 月 30 日
讀者服務專線	TEL：02-23672044 ／ 04-23595819#230 FAX：02-23635741 ／ 04-23595493 service@morningstar.com.tw
網路書店	http://www.morningstar.com.tw
郵政劃撥	15060393（知己圖書股份有限公司）
印刷	上好印刷股份有限公司

定價 380 元
ISBN978-626-320-484-3

Published by Morning Star Publishing Inc.
Printed in Taiwan

線上回函